ひまわりが咲く頃、君と最後の恋をした

汐月うた・著　福きつね・絵

野いちごジュニア文庫

本当は、ずっと前から知ってたんだ。
誰からも必要とされていないってこと。
だけど――。

「……これ、絵だよね。きれいなオレンジ色したひまわりだ」

キミだけは、わかってくれて。

「芽衣は芽衣の人生を歩んでいいんだよ」

ねえ、エージ先輩。
わたし、もう一度絵を描いてもいいのかな。

「オレの絵を描いてよ、芽衣」

エージ先輩のおかげで自分の気持ち、ハッキリわかったのに……。
先輩には、ヒミツがあったんだ――。

伊吹 瑛士

芽衣が屋上で出会った、オレンジ髪で能天気な、太陽みたいにまぶしい先輩。突然現れたり、夏なのに長そでを着ていたり、ちょっと不思議なところがある。

杉咲 芽衣

「いい子」を演じて本音が言えない中学2年生。大好きな絵をあきらめようと自分の絵を捨てに行った屋上で、“エージ先輩”と出会う。

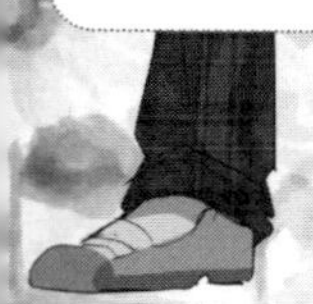
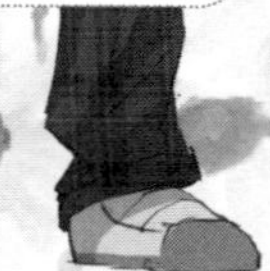

樋口 とも

芽衣の同級生で、同じ文化祭実行委員会のメンバー。自分の意見を持っている、まっすぐな性格。ある夢に向かって突き進んでいる。

紗枝＆美優

芽衣と同じクラスの友だち。3人で仲よくしていたけれど、いつの間にかすれ違ってしまい、芽衣は孤立してしまう。

あらすじ

わたしは中2の芽衣。
いい子でいるために、大好きな絵をあきらめたんだ…。

「ねえ、オレを描いてよ」

そんな時に学校の屋上で出会った**エージ先輩**は、明るくて、太陽みたいな人だった。

居場所のなかったわたしに、かけがえのない時間をたくさんくれたエージ先輩。

そして気づいたの。
もう一度、絵が描きたいって。
あと、先輩への気持ちにも…。

だけど…
わたしたちには“哀しい運命”が
待ち受けていて――。

ふたりが起こす奇跡に

!!

続きは小説を
読んでね！

もくじ

ひまわりとキミ

本当は、ずっと前から知ってたんだ。

誰からも必要とされていないってこと。

「めーいっ！　もうとっくにチャイム鳴ったよ？」

放課後、返されたばかりのテストをぼんやり眺めていたら、そんな声とともに後ろからにゅっと手がのびてきた。

あっ！　と思ったときにはもう手遅れで。

「ひゃー、数学九十二点って天才？　てか人間？」

「さっすが学年一位サマは違うねー」

うしろを振り返ると、紗枝と美優が立っていた。

『ズッ友』と書かれた、そろいのキーホルダーがついたスクールバッグを肩にかけ、わたしのテスト用紙をニヤニヤしながら見つめている。

「そう、かな……。ね、もういいでしょ」

あいまいに笑いながら紗枝の手からテスト用紙を取り返すと、二人は同時に「えええーっ」と不満を口にした。

「いいじゃん、減るもんでもないしぃ」

「そーそー。わたしなんて七十点しかとれなかったんだよ？」

「もーっ、芽衣に勉強教えてほしいくらい！」と嘆く美優に対し、紗枝はそんな彼女の頭を大げさになでた。

……なら、「教えて」って言ってくれれば

いいのに。

紗枝も美優も、いつも「教えてほしい」と言うけれど、本当に「教えて」と言ってきたことは一度もない。

「いいなぁ芽衣は。このままいけば県内一のS高もヨユーじゃん。ま、内申点もいいだろうから、推薦でもいけそうだけど」

「え」

「『え』って……進路希望調査、当然S高で出したんでしょ？」

——当然。

その言葉を聞いた瞬間、胸の奥がザラつく感じがした。

進路のことは二人に言ったことないのに。なんでわたしの話を聞かずに勝手に決めつけるの？

「う、ん……まぁ」

「だよねぇ。なんてったって家がお医者さんだもんねぇ。いいなぁ芽衣は、将来が決まっててさ。わたしたちなんて、なにしたらいいか全然わかんないしぃ。とりあえず美優もわたしも、今の成績で行けそうなO高で出したけどさぁ。ねー、美優？」

「ねー、紗枝」

二人は顔を見合わせて、いたずらがバレた時の子供みたいにクスクス笑った。

同じ部活、同じくらいの身長、髪の長さは違うけど同じポニーテールを結って。どうやら行く高校まで一緒にしたらしい。

「……そういえば、今日は部活じゃないの？」

疎外感にいたたまれなくなって、どうでもいい質問を投げかけた。

だけど紗枝と美優は「よくぞ聞いてくれました！」と言わんばかりに、満面の笑みを浮かべて、

「実は今日部活なくなっちゃって」

「駅前にできたっていうゲーセンに行くことにしたんだ」

そう言って、また顔を見合わせた。

もちろんわたしはそんな話を聞かされているはずもなく、聞くんじゃなかったと一瞬にして後悔する。

「そーなんだ……」

「あっ勘違いしないでね？　芽衣も誘おうと思ったんだけど……ほら、芽衣ってこの後、

美術部でしょう？」

「そぉそぉ！　芽衣を仲間外れになんかするわけないじゃーん！」

わざとらしく、後ろからわたしの首元にまとわりつく紗枝。美優は美優で貼り付いたような笑顔が不自然だ。

「部活は……辞めたんだ」

「なにそれ、聞いてないよ？」

「なんで急に？」

「それは」と言いかけた言葉は、紗枝の「あーわかった！」にいとも簡単にかき消されてしまう。

「塾でしょ。勉強に本腰入れるから部活やってる場合じゃないんだ」

「ええっ、まだ中二の五月なのに？」

「甘いよ美優。いくら余裕ったって、S高行くような人はこの時期から勉強するんだって」

「なるほどねぇ」

紗枝が得意げに語り、それに感心した美優が尊敬のまなざしをわたしに向けた。

「あ、やば！　そろそろバスの時間きちゃうよ」

「あー本当だ。とにかく、ごめんね？　芽衣。また今度一緒にゲーセン行こう。勉強がんばってね！」

にこっと笑いかけてくるので、文句なんて言えるはずもなく。

「……うん、また今度」

かすかに口の端を上げると、二人は満足そうにうなずいて、あっという間に教室から出ていってしまった。

パタパタパタ、と廊下を駆けるうわばきの音が遠ざかっていく。

——『また今度』

そんなの、一生来ないことはわかっていた。

いつもそう。

ばえるカフェも、カラオケも、プリクラも、「楽しかった」と事後報告。

そしてきまって「芽衣はまた今度ね」と付け加えられるんだ。

わたしたちが初めて出会ってから、一年とちょっと。

いつの間にか、三人は『一人と二人』にわけられてしまった。

どんよりくもった胸の内に気づかないふりをして。

わたしはテストをカバンの中に突っ込んで席を立った。

人けのない階段を一段一段ゆっくりのぼる。ここ、東棟一番奥の階段は、ホコリっぽくて静かだ。

理科室と美術室しかないので、関係のない生徒はふだん近づかない。

四階に着くと、美術室の前まで迷いなく進み、廊下にもう長いこと貼ってある絵を乱暴に引きはがした。

ちょうど日光がよく当たる場所だったからか、日焼けして壁の色がそこだけ変わってしまった。

でもきっと、この絵が一枚なくなったところで、誰も気づかない。

今だって、美術室には部員がいるはずなのに、みんな自分のことに一生懸命で廊下にいるわたしのことなんて気にする人はいないんだから。

そういうものなんだ。

わたしの存在も、この絵と同じ。

なくなったところで誰にも気づいてもらえない。

右手に絵をしっかりと持ち、くるりと引き返して階段を見上げた。

四階の上——屋上へと続く階段は、黄色と黒のしま模様のテープでふさがれていた。

『屋上には絶対に出てはいけません』

いつかの朝礼で先生が言っていた言葉。

なんでも、フェンスの調子が悪いとかで危ないからだそう。

でも、こんな風に装飾されると、逆に入ってみたくなるのはわたしだけだろうか。

侵入禁止のテープは、本当に侵入を禁止させたいのかわからないほど頼りないものだった。

片足を少し上げれば簡単に越えられてしまう。

わたしは軽々とそれを越えると、屋上へと続くドアに手をかけた。

意外にも鍵はかかっておらず、ドアは簡単に開いた。

五月とはいえ、夕方になれば肌寒い。

地平線だけほんのりピンクに色付いた空は、見渡す限り雲ひとつなく、いまいましいほど清々しい。

サッカー部の声が風にのって聞こえてくる。

フェンスギリギリまで歩いて彼らの姿を確認すると、その小ささに思わずホッと息をついた。

この距離なら見られることはないだろう。

わたしは、手にしていた絵を無造作にちぎった。

一度、二度、三度。

そこへ、タイミングよく強風が吹いてきて、わたしはスカートを押さえるのも忘れて絵・・・・・だったものを空へと思い切り解き放った。

一瞬にしてそれらは、風にのって散り散りに飛んでいく。

ひらひら、ふわりと、空の青に溶けて、みるみるうちに見えなくなった。

終わった。あっけなかった。

絵が好きだった。

絵をもっと描きたかった。

本当は、美術科のある高校に行きたかった。

だけど――。

『芽衣、わかってるわよね』

『あなたは大丈夫って、ママ信じてるから』

『もちろんパパの跡を継ぐわよね？』

『芽衣』『芽衣』『芽衣』

お母さんの声が耳の奥でこだまする。フェンスをしっかり握っていないと立っていられないくらい、激しいめまいがおそってきた。

『芽衣、あなたはお兄ちゃんみたいにはならないわよね？』

そうだよね。

わたしは、お兄ちゃんの代わり。

成績優秀で、おとなしくて、しっかり者で、お母さんの言うことを素直に聞いていたお兄ちゃん。元々、自分の意見をめったに言わない人だったけど、実は胸の内に秘めた思いがあったのかもしれない。

お父さんの跡を継いで、医者になるはずだったのに、大学に行ってすぐ「世界を見たいんだ」と言ってバックパッカーになってしまった。

そんなお兄ちゃん……の、代わり。

最初からわかっていた。本当は、ずっと前から知ってたんだ。

誰からも必要とされていないってこと。

友達からも、実の親からも。

誰も、わたしを『わたし』として認めてくれない。

——わたしを見てくれない。

『あなた、部活は辞めなさい。絵だとか、そんな無駄なものに時間を使っているヒマなんてないのよ。医者になるために今からしっかりやらないと。ねぇ、芽衣』

どろどろとしたものが、胸の奥から込み上げてくる。

——わたし、なんのために生きてるんだろう。

一度そう思ったらどんどんみじめになってきて。くやしくて、悲しくて。

……あ、ダメだ。吐きそう。

フェンスに思い切りもたれかかってこらえる。はるか彼方にあるはずの地上が、ぐんと近づいた感覚になった。

このまま……このまま落ちてしまったら楽になるのかな。

そう、なにも「死」はそれほど特別なことじゃない。五年前だってここから飛び降りた生徒がいたみたいだし、去年だって病気で亡くなった生徒がいた。紗枝たちと一緒にその人のために折りヅルを折ったことも覚えている。

「死」はどこにである、ありふれたふつうのこと。今さらわたし一人いなくなったところで、別に――。

その時、天から声が聞こえてきてハッとした。でもここは屋上だ……ありえない。

「――おーい」

もしかして、天使？

その割には声の調子が軽すぎる。

うつろな目で見上げると、目が覚めるようなオレンジ色が目に入った。

それはまるで、太陽みたいな……――。

「あ、なんだ。フツーに体調悪い？」

ピントが合った瞬間わたしの目の前に現れたのは、太陽でもなく天使でもなく、まぎれもなく人間の男の人だった。

「……っ⁉」

おどろいてよろけた拍子に尻もちをついた。

腕があたって、フェンスがガチャンと音を鳴らす。

だって、わたしの他に人がいるなんて、思ってもみなかったから。

ううん、ドアを開けた時は確実に誰もいなかったはずなんだ。

じゃあこの人は一体どこから現れたんだろう？

「ここ、オレのお気に入りの場所なんだよね。もし君が自殺でもしようとしてるんなら、止めなきゃと思って――……って、大丈夫？」

早口にしゃべっていた彼は最後に、取ってつけたように「大丈夫？」と言った。

その割に手を差しのべてこないところを見ると、わたしのことを心配しているのかしていないのか、よくわからない。

ラフに着くずした冬服用の長そでシャツ。きれいに染まったオレンジの髪。いたずらっぽいアーモンド型の目。真っ白い肌。

こんな目立つ人、うちの学校にいたっけ。

って言っても八クラスもあるマンモス校だから、知らなくても無理はないかもしれないけど。

いつの間にか吐き気はおさまっていた。

こくんとうなずくと、彼は「そっか、よかった」と言って笑った。

笑うと小さな八重歯が見えて、まるで子犬みたいだと思った。

「体調悪いなら保健室行った方がいいよ。それとも……これ、返してほしい？」

そう言って、彼は手に持っていたなにかをわたしの目の前でひらひらゆらした。

それは間違いなく、わたしがさっき捨てたはずの絵のかけらだった。

「な、なんでそれを……!?」

あわてて手をのばすけど、届く前に彼はぐんと背のびをする。

「ちょっと！　それ、返して……！」

「あ、返してほしいんだ？　てっきり破り捨てたのかと思ったけど」

彼の言葉にわたしの手はピタリと止まる。

そうだ。破り捨てたんだ。それなのに「返して」だなんて、わたしはなにを……。

きゅっと唇をかんで彼をじっとにらんだ。

もうそうするしか自分の気持ちを伝えるすべがなかったんだ。

だけど彼はそんなわたしの態度をとがめるどころか、優しくはにかんで。

「……これ、絵だよね。きれいなオレンジ色したひまわりだ」

――ひまわりだ。

こんな切れ端なのに、ひまわりだってわかってくれた。

それが嬉しくて。

ゆるみそうになる唇をもう一度強く引き結ぶ。

嬉しいなんて思っちゃダメだ。そんな資格、わたしにはないから。

「ちがう。ひまわりだったもの……です」

視界の端に緑色のバッジが見えた。この人、三年生……先輩、だったんだ。

彼は「ふぅん」とつぶやいて切れ端をまじまじと見つめた。

なんだか審査されてるみたいで居心地が悪くなる。

「ね、時間ある？　体調悪くなければ、だけど」

返してくれると思ったのに、彼はそれを自分のポケットに入れて、くいっとアゴで後ろを示した。

つられて視線を動かすと、そこにあるのはわたしが出てきたドアがある、階段室だった。

わたしがなにか答える前に、彼は階段室の横についているハシゴに手をかけた。

まさか……と思う間もなく、するすると登っていく。

「ほら、早くこっちおいでよ」

……と、言われても。

ぽかんとするわたしに向かって、彼は上からちょいちょいと手招きして見せた。

ここって登ってもいいの……？

不安になりながらも、おそるおそる登っていく。

途中、スカートの中が見えるかもと思ったけど、ここにはわたしと彼しかいないので、その心配はいらないと気づいた。

細く垂直にのびたハシゴを登りきると、そこには、「わっ」と声を出してしまうほどの絶景があった。

さっきいた場所とたった二メートルほどしか変わらないはずなのに、フェンスという邪魔なものがなくなっただけで世界がうんと広く見える。

どこまでも続く街並み。さっきより濃くなった夕焼けに、にじんだ太陽が美しい。

ここからなら、サッカー部の練習もよく見える。

頭の中で色彩が駆けめぐる。

あの場所を、あの瞬間を、あの色を――描きたい、描きたい、描きたい。

「キレイでしょ」

ハッとして横を見ると、彼がなぜか嬉しそうにわたしを見つめていた。

カッとなり、眉をひそめる。

「……………別に」

彼にいらだったわけじゃない。

全部捨てた気持ちなのに、自分の心がこの素晴らしい景色にゆれ動いたことが憎らしかったんだ。

「ねえ、オレの絵を描いてよ」

「……はっ」

脈絡のない言葉に、わたしは声にならない声をあげた。

そんなわたしの顔がよっぽど可笑しかったのか、彼はクスクスと笑いだした。

その姿を見ているうちに、だんだんと腹が立ってきた。

「もう絵は描かないんで——」

そう言うわたしの口元に、スっと彼の人差し指が近づいた。

透き通るほど白い指が間近に迫り、おどろいたわたしは思わず口をつぐむ。

「オレの名前、エージね。君は？」

「えっ………め、芽衣。杉咲芽衣」

彼は一言「メイ」と、こわれ物を扱うかのように大事につぶやいて、またあの子犬のような笑顔をわたしに向けた。

「じゃあね、芽衣。またここに来て。待ってるから」

そしてその一言を告げると、そのままピョンと飛び降り、見えなくなってしまった。

「え……っ！　ちょっと待ってください！」

あわててのぞき込むが、そこにはもう彼の姿はない。まるで風のように消えてしまった。

いや、嵐だ。わたしの心をこんなにぐちゃぐちゃにしていったんだから。

チャイムの鐘が鳴る。

それは、終わりの合図だったのか、始まりの合図だったのか。


『きれいなオレンジ色したひまわりだ』

彼の言葉が胸の奥深くで甘くうずいた。
——五月のよく晴れた夕方。
あきれるほど能天気で、底抜けに明るくて——わたしは、そんなエージ先輩と出会った
この日を、きっとずっと忘れないだろう。

いい子ごっこ

『なんで昨日、塾に行かなかったの⁉』

朝、顔を合わせたときの第一声がこれだった。耳をふさぎたくなるほどの甲高い声。

『初日から休むだなんて、あなたどういう神経しているの？　もう本当に信じられない』

本当は屋上から飛び降りて、今頃は天国にいたかもしれないんだよ。そんな言葉が頭をよぎる。

でも言ったところで鼻で笑われるのもわかっていた。お兄ちゃんとちがってそんな度胸もないくせに……って。

『わかってるわよね？　お兄ちゃんみたいになったら困るのは芽衣なのよ』

もう何百回も聞いたセリフ。わたしを心配して言っているわけじゃない。お母さんの中はいまだに『お兄ちゃん』でいっぱいなんだ。

『……まさか、まだ絵を描いているわけじゃないでしょうね』

それだけは聞き捨てならなくて。

わたしは思わず「大丈夫、昨日は体調が悪かっただけだから」と返した。

お母さんの言う通り部活を辞めたのに、まだ絵を描いていると思われるのは心外だ。

体調が悪かったのも嘘じゃない。

それでもお母さんの機嫌を取るような言葉を言ってしまったことに対して、すぐに自己嫌悪におちいる。

いつも、こう。

本当は言ってやりたい言葉があるのに、全部お腹の中で溶けてぐちゃぐちゃになってしまうんだ。

口から出てくるのは、いつもお母さんにとって『都合のいい』言葉ばかり。

わたしは……いつまでこうなんだろう。

「――それがさぁ、最新の機種がそろっててすっごい盛れたんだよね～！　ゲーセン内にソフトクリームも売ってて、それがめちゃ盛りで……って芽衣、聞いてる⁉」

これみよがしに口をとがらせた美優の顔が近づいて、わたしはボーッとしていたことに気づいた。

わたしの机の周りに紗枝と美優がやってきて、おしゃべりが始まっていたんだった。

「あ……ごめん」

「もーっ！　芽衣のために話してるんだよぉ？」

そんなこと、頼んでないのにな。

思わず苦笑したら、その笑みの意味を勘違いしたらしい、紗枝が得意げにプリを差し出してきた。

小さな四角の中、誇張された大きな目の二人がわたしをじっと見つめる。

「ほらこれ、昨日のプリ！　芽衣にもあげるね。すっごく楽しかったんだよ～」

「芽衣も来られればよかったのに！　美術部忙しいもんね」

残念そうに眉を寄せる美優。

部活を辞めた話は昨日したのに……。わたしの話なんて、全然聞いていないことがわかる。

あいまいに笑い、無言のままプリを机の中に突っ込んだ。

「あっ、チャイム鳴った！」

「またあとでね、芽衣～」

朝のチャイムとともに自分の席に戻る二人。その背中を見送って、やっと息が吸えた気がした。

朝時間は、九月にある文化祭についての話し合いだった。

なんでも、実行委員をクラスから一人選ばなければならないらしい。

「実行委員」なんて聞くとすごく楽しそうに思えるかもしれないけど、実際はただの雑用係だ。

クラスの意見をまとめて、それを委員会で報告して、必要なものをまとめて、予算内におさまるように計算して――。

去年、一年のときのことを人づてに聞いているので、当然誰もやりたがらない。

「誰か……立候補してくれる人はいない？　今日中に決めなきゃいけないのよね～……」

誰も手が挙がる様子がないので、先生は「困ったなぁ」とつぶやいた。きっと「実行委員」と聞いてみんながやりたがると思っていたんだろう。

先生は教室をぐるりと見渡して、「推薦でもいいんだけど」と言ってわたしをじっと見た。

「先生！　杉咲さんならピッタリだと思います！」

自分の名前が聞こえてきて、ビクリとした。教室の一番前の席、手を挙げた紗枝がこちらを振り返ってイタズラっぽく笑う。

「たしかに、杉咲さんならしっかりしてるし、向いてるよね！」

「テキパキしてるしね」

「杉咲さん、お願い〜！」

考えるのも面倒なのか、周りもどんどん紗枝に同調し始めた。

もちろんやりたくは、ない。

今だって勉強に専念するために美術部を辞めたところなんだ。塾もあるんだし、放課後も残る可能性がある実行委員なんて、できるわけ……。

「でも芽……杉咲さんは勉強が大変だから……難しいんじゃないですか？　ねぇ、芽衣」

紗枝の右隣、美優がおそるおそる手を挙げて言った。

一応はわたしのフォローをしてくれたけど、この流れを変えるのが簡単じゃないことは、誰が見ても明らかだった。

『ピッタリ』『しっかりしてる』『テキパキしてる』

ほめ言葉を並べてはいるけれど、要はわたしに面倒ごとを押し付けたいだけ。

みんな、わたしが断らないと思っているんだ。

「杉咲さん、どう？　みんなこう言ってるけど……できそう？　杉咲さんにやってもらえたら、先生もすごく助かるんだけどな」

先生までもがなにかを訴えるような瞳で見てきて、

「……やります」

気づいたらそう答えているわたしがいた。

その瞬間、クラス中が安堵したのがわかった。

いい子ごっこだ。

本当は全然やりたくないのに、「実は最初からやりたいと思ってたんです」みたいな顔をして。

わたしがこう答えるとみんな喜ぶから。

塾との両立なんて難しいって、あとで絶対後悔するってわかっているのに……断れない。

――じゃあ早速だけど、昼休みに資料を取りに職員室に来てくれるかな。

先生に言われるがまま、憂うつな足取りで職員室に来た。

本当ならこの時間は塾の予習をしたかったのに、貴重な昼休みを無駄にすることになった。

「失礼します」

ドアを開けてすぐ、充満するコーヒーのにおいが鼻につく。規則的に鳴るコピー機の音に、数人の先生の話し声が重なる。

職員室に呼び寄せたくせに、当の本人である先生は席にいないみたいだった。机の上に何枚かのプリントが置いてあり、『杉咲さん、よろしくね』というファンシーなメモが貼ってあった。

ため息まじりにそれを手にした、その時。

「――本当にそこでいいのか？　樋口ならもっと上の高校だってねらえるぞ。親御さんだって反対しているだろう？」

そんな声が聞こえてきた。

ああ、誰かが志望校でもめてるんだな。進路調査書を出したあと、職員室がそんな話し合いであふれかえるのは毎年恒例だった。

「S高」で出さなかったら、今ごろ先生に捕まっているのはわたしだったかもしれない。

わたしだったら……なんて答えるだろう。

もし、お母さんの意見を聞かないで「Y高美術科」と書くことができたら――。

……なんて。

そんな「もしも」はありえないのに。

自嘲気味に笑みを浮かべて職員室のドアに手をかけた。だけど――。

「いいんです、わたし、この学校に行きたいので」

一歩廊下に踏み出したところで、思わず足を止めた。

それは、迷いのない凛とした声。

自分が言ったわけではないのに、ドキドキと胸が高鳴る。一体どんな子が言ったんだろう……。

興味本位で、ドアを閉めるほんの一瞬、チラリと声のする方をのぞいてみた。

黒髪のショートボブに真っ赤なメガネ。

横顔しかわからなかったけど、あれはたしか……隣のクラスの子だ。

――この学校に行きたいので。

あの子は自分のやりたいことを言えるんだ。あんなにハッキリと、堂々と。

そこには、うしろめたさとか申し訳なさとか、そういうものは全然感じなかった。あの子は自分の意思にまっすぐなんだ。

なんてかっこいいんだろう。

はじめに思ったのは、素直な賞賛の言葉だった。だけど、次第にドロドロしたものがわたしの胸の内を支配する。

ずるい、うらやましい……なんであの子だけ。

わたしはあんな風にまっすぐ自分の気持ちを言えない……言えないんだ。

お母さんに言われるがまま、絵をあきらめてまで「S高」で出すしかなくて。そのくせ、頼まれて断れず実行委員まで引き受けてしまった。

自分の意思のないわたしは、なんてかっこわるいんだろう。

階段の窓から見える空は、今日もうんざりするほど晴れ渡っている。

天気がよければいいほど、わたしの心は反比例するかのようにかげっていく。

……やっぱり昨日、あのまま落ちちゃえばよかったのかな。こんな思いで毎日を過ごすくらいなら、いっそ——。

『ヒマワリだ』

……だけど。小さくポン、と泡がはじけるみたいに、昨日の『エージ先輩』の言葉を思い出した。

その言葉はみるみるうちにわたしのドロドロを洗い流していく。

いきなり自分の絵を描けって言ってきた、変な人だった。関わったっていいことなんてない。面倒くさいことになる、絶対。

わかっているのに……。


なんでだろう、わたしの足は屋上に向かっていた。

階段室のドアを開けると……——いた。

真正面、フェンスにもたれるようにしてこちらに背中を向けている、オレンジ頭。

近づくわたしの気配に気づかないのか、彼はずっと遠く——グラウンドで練習をしているサッカー部を眺めている。

そのまま真横に来て顔をのぞき見ると、その横顔にドキッとした。昨日の笑顔とは打って変わって、どこかさみしそうだから。

そんな顔もするんだ……ちょっと意外。

「あ、芽衣！」

ようやくわたしに気づいたらしい。わたしと目が合ったとたん彼の顔がパッと華やいだ。

「オレの絵を描いてくれる気になった？」

……ああ、やっぱり来るんじゃなかった。

昨日のたった一言に心をほだされたわたしがバカだったんだ。

もう絵は描かないと断ったはずなのに。

「描きません。だいたい私、人物画は描かないので」

よく知らない人だから？

こういうとき、いつもなら押しに負けて引き受けてしまうのに、おどろくほどすんなりと「NO」の言葉が出てきた。

「ふぅん？　残念だなー」

そう言いながら、エージ先輩はふんわり笑ってみせる。

その言葉とは裏腹に、ちっとも残念そうに見えない。やっぱり変な人だ。

またグラウンドの方に向き直った先輩を見て、そう思った。

「…………」

風がそよぐ。一筋の飛行機雲が残る空に、小さな鳥が羽ばたいている。

この広い屋上にいるのは、わたしとエージ先輩の、二人だけ。

沈黙が永遠に感じる。なにか話してくれればいいのに。「また来て」って言ったわりに、なにも話してくれないんだ。

どうしよう。屋上に来てみたものの、わたしはこの人に特に用事なんてない。だいたい、なにを期待してここに来たんだっけ……。

あの絵がひまわりだと言い当ててくれたみたいに、なぐさめてもらおうとした？

……まさか。

気まずさに視線をウロウロさせると、楽しそうに笑うエージ先輩と目が合った。

この人は、いったいなにがそんなに楽しいのか。

「つ……エージ先輩って何組なんですか？　なんでいつも屋上にいるんですか？」

目をそらしながらとっさに出た言葉。でも我ながらいい質問だと思う。

知っているのは名前だけ。わたしにとってエージ先輩は、突然現れて、突然「絵を描いて」って言ってきた謎の人だ。

だけどエージ先輩は人差し指を唇にあてて、

「ひみつ」

そう言ってまたクスクス笑った。

ひみつって、なに。

バカにされたように感じて、眉をひそめる。

「もういいです」

「あっ、怒らないで。そうだな……オレのことを知りたいなら、先に芽衣のことを教えてよ」

わたしのこと……って。

さっきまでムクムクとわいていた先輩への興味が、どんどんしぼんでいく。

「……先輩が自分のこと言いたくないなら、もう聞きません」

「なんでそうなるの」

先輩の見開いた大きな目がわたしを不思議そうに見つめる。

「だって……」

だって、誰もわたしに興味なんてない。

部活を辞めたことも忘れて自分たちの話しかしない友達に、どんな時も「兄」が一番で
わたしを見てくれないお母さん。

友達も親さえもわたしに興味がないのに、昨日会ったばかりの他人がわたしに興味が
あるはずがない。

その場のノリで「教えて」なんて、言われたくはなかった。

そんな思いを見透かしたように、エージ先輩がゆっくり目を細めた。

「オレは芽衣に興味があるよ。どんな時に笑うのか、どんな時に悲しむのか、どんな時

に怒るのか」

　なに、それ……。

　そんなこと、言われたことない。本気？　でも、ウソかもしれない。よく……わからない。

「なんで……」

「芽衣に一目ぼれしたから、かな？」

「はぁ……？」

　なにを言うのかと思えば……ありえない。

　でもこれでハッキリした。この人はわたしのことをからかっているんだ。

「もういいです。さようなら」

　ちょうど五時のチャイムが鳴ったところだった。塾の時間だし、これで本当にここにいる理由はなくなった。

　くるりときびすを返し、階段室のドアを開ける。背中から「待ってよ、芽衣」とあせったような声が聞こえてきた。

　ちょっとキツく言いすぎちゃったかな。

ほんのり芽生えた同情心が、わたしを振り向かせる。

「また来てね」

「……！」

だけど、エージ先輩はわたしに言われたことなんてみじんも気にしていないのか、やっぱり満面の笑顔で手を振っていた。そのさわやかさが余計に腹立たしい。

……変な人！

思っていた通り、関わったところでろくなことがなかった。

はぐらかされて、からかわれて。

だけど——。

階段を一段下りる。トンッという靴の音が意外なほど軽やかで、自分でもおどろいた。

エージ先輩は変な人……だけど、『嫌な人』ではない気がする。

一緒にいても息がつまらないし、耳もふさぎたくなることはない。

どちらかというと……そう、心地いいんだ。

わたしの中のどろどろとした嫌なものが、先輩といるときれいになる気がする。

それに、なぜかわからないけど、先輩の前だといい子にならないですむんだ。

そんなことを思うのは初めてだった。

「エージ、先輩……」

その名をつぶやけば、たちまちスッと心が軽くなる。

不思議な空気をまとったエージ先輩に、きっとわたしはまた会いに来る……そんな予感がした。

正反対

「――ということで、あとは各クラスにこの話を持ち帰ってもらって……――」

頭がぐらりぐらりとゆれる。いけない、と思いつつ前に倒れこまないようにするのがやっと。

まぶたはどんどん重くなり、目を開けていられなくなってきた。

「――なので、この用紙を……――」

実行委員長が説明してくれているのに……だめだ、全然話が頭に入ってこない。

太ももをぎゅーっと強くつねり、なんとか意識を保つ。

昼休み、文化祭実行委員会の話し合いの最中。わたしは迫りくる睡魔と戦っていた。

――こんなはずじゃなかったのに。

授業中だって一度も寝たことはない、どちらかといえば真面目な人間。

それがなんでこんなことになっているかというと、思い当たる原因は一つ。

――塾だ。

お母さんが申し込んだ塾というのがやっかいで、ふつうの塾とはちょっとちがう。

医学部専門塾といって、その名の通り、将来医学部に行きたい人が通う塾だった。

当然カリキュラムも特殊で、今まで学校の勉強しかしてこなかったわたしにはなにもかもが未知の世界。

ついていけるはずもなく、毎日、夜遅くまで宿題をこなす日々だった。

やっぱりわたしはお兄ちゃんとはちがう。

小さい頃からなんでもできたお兄ちゃん。運動も、勉強も、同じ年の子よりずっとずっと上達が速かった。

近所の人からも『神童』なんて呼ばれて、でも、それを鼻にかけることもしないで。

そんなお兄ちゃんとわたし、当たり前のように比べられて過ごしてきた。

なにをやっても「ふつう」。才能がないから努力するしかないわたし。

今回だってそうだ。お兄ちゃんはこんな塾に通わなくたって医学部に進学した。

それなのにわたしは……塾に入ってもついていくことさえできない。

絵を捨てる……そう決めたんだから、もっとがんばらなきゃいけないのに。

どうやっても「ふつう」のわたしには届かない世界がある。

でも、お兄ちゃんみたいにならないと、お母さんに失望されてしまう。今よりもっと必要とされなくなってしまう。

見て……もらえなくなる。

がんばらないと………――。

「プリント」

「……えっ？」

間近で声がして、意識が引き戻された。前の席に座っている子が振り返り、わたしに話しかけていたのだ。

あれ、この子……。黒髪のショートボブに真っ赤なメガネ。こないだ職員室で見た子だ。わたしと同じ、文化祭実行委員だったんだ。

彼女は口を真一文字に結んでにこりともしない。

「二年生の各クラスのプリント、私が集めることになってるんだけど」

そう言って、手にしていた他のクラスのプリントをずいっとこちらに突き出した。

プリント？　そういえば……クラスでなんの催し物をするか、話し合ってプリントにまとめるんだったっけ。

だけど、頼りない先生に、わたしに任せっぱなしのクラスメイトたち……。そのせいでうちのクラスはまだなにも決まっていなかった。

「ご、ごめん。もうちょっと待って。まだ決まってなくて」

「もうちょっとって、いつなの？」

「あ……明日には渡せると思うから――」

そう言いながら、わたしの意識は彼女の机の上にいっていた。

赤と黒の毒々しいドット柄のペンケース。そこにでかでかと『樋口』と名前が書いてある。樋口さん、っていうのか。

「しめ切りは今日なのに？」

ぼそり。聞こえてきた冷たい声に、思わず樋口さんを見た。

「え……」

「しめ切り、今日までに出さなきゃいけないって、この前の集まりで言ってたよね。守らなくても別にいいやって思っているのかもしれないけど、そういうの迷惑だから」

彼女は怒っていた。太めの眉をきりりとつり上げてわたしをにらんでいる。

だめだな、わたし。しめ切りのことを聞きこぼしていたなんて。塾のことで頭がいっぱいで、全然話し合いに身が入っていない証拠だ。

「あの、ご――」

「それに杉咲さん、いつも話し合いの最中眠そうだよね」

あ……バレてたんだ。

あんまりバレたくないことを知られてしまって、すごく気まずい。

なんて言い訳しようと考えていたら、

「やりたくなかったのかもしれないけど、やると決めたなら責任もってやって」

それは、はっきりとひびく凛とした声だった。

教室の一番端までひびきわたって、教室内は一気に静まりかえる。

わたしはおどろいて、ただただ目をしばたたかせることしかできない。

樋口さんはわたしの返事を待つことなく、すぐに立ち上がって、ぽかんとしている委員長の前まで歩いていった。

そのままわたしのクラス以外のプリントを提出すると、まっすぐドアに向かって進んでいく。そして振り返ることなく出ていってしまった。

誰の目も気にしていない。私の目にはそんな風に映った。

樋口さんには、気まずさとか恥ずかしさとか、「これを言ったらこう思われる」とか、そういった類のものがないのかもしれない。

あのとき――職員室で見たときと同じだ。

堂々と、自分の意思に正直な人。

ずるいな。……くやしいけど、やっぱりかっこいい。

「どうしたの？　だ、大丈夫だった？　あそこまで言わなくてもいいよねぇ？」

周りの先輩が気をつかってわたしに話しかけてきた。

たしかにあそこまで言わなくてもいいと思うけど、間違ったことは言ってない。

いくら推薦とはいえ、塾との両立が大変とわかりながらも「文化祭実行委員」になると決めたのはわたしだ。本気で取り組もうと思ってる人に失礼だった。

パチンと両頬をたたかれたような、そんな感覚。……目が覚めた。

わたしは、黙って彼女の出ていったドアを見つめていた。

「――ヒグチさんのことが気になるんだ？」

ほんのり赤みがかった空にうすい雲がたなびく。もう少ししたら、きっと美しい夕焼けが広がるだろう。

そのやわらかな日差しに照らされて、エージ先輩の右頬がキラキラかがやいて見える。

「気になるっていうか……」

ああ、わたしはなんでまたエージ先輩に相談なんてしちゃってるんだろう。小さくため息を一つこぼして、そっと目をふせる。

うれしい話、悲しい話、困った話……今までのわたしは友達にも親にも言わずに、ただ自分の心の中にしまっておくことしかできなかった。

だからなにが起こっても、誰かに話したいなんて思ったことはなかったんだ。

だけどさっき、実行委員会での話し合いが終わってすぐに思ったのは、『エージ先輩に話したい』だった。

そうしてわたしは気づいたらまた、屋上に来ていた。

なんでだろう。この前会ったばかりのよく知らない人なのに。

「気になるっていうか……？」

エージ先輩がわたしの顔をのぞき込んできた。色素のうすい、少し茶色がかった瞳に困り顔のわたしが映っている。

そうか、この人は……わたしの話をちゃんと聞いてくれるんだ。

自分の話を押し付けるのではなく、決めつけるでもなく、わたしの話をちゃんと聞こうとしてくれている。

それがエージ先輩に感じる心地よさの正体なのかもしれない。

別に、誰にも話さなくったって、いずれ消化されて消えていく思い。

だけど……やっぱりうれしいな。こうやって聞いてもらえるのって、すごくうれしいことなんだ。

「……わたしは、あんな風に自分の思ってることをハッキリ言えないなと思って」

口にしたことでより自覚する。

──樋口さん。

自分の意志を持っていて、それをつらぬこうとしている人。

わたしにはできないことをしている。それがうらやましくもあり、妬ましくもあった。

「話してみれば？」

「タイミングがなくて……それにわたし、怒られたばかりだし」

「芽衣に話しかけられて、嫌な子はいないと思うけどな」

「そんなこと……」

そんなことは絶対にない。

もしそうだったとしたら、今ごろ紗枝や美優とあんなにギクシャクしていないはずだから。

「……わたし、下手くそなんです、そういうの」

友達付き合い。

そもそも紗枝や美優と仲良くなったのだって、一年のとき、誰にも話しかけられないでいたわたしに、向こうから声をかけてくれたからだった。

樋口さんとは話してみたいけど、わたしの中で「好奇心」より「気まずさ」が勝っていて、とてもじゃないけど話しかけられそうもない。

でもきっと彼女なら……わたしとはちがって、そんなことお構いなしに話したい人に話しかけるんだろうな。そんな気がする。

想像の中でもわたしと彼女とのちがいを感じて、なんだかみじめだ。

息を吐いて肩を落とす。

コンクリートの地面に映る雲の影をぼんやり眺めていたら、頭上から「ふふっ」と笑い声がした。

顔をあげると、エージ先輩が目を細めてわたしを見ていた。まるで愛しい人を見るようなまなざしに、思わずドキッとする。

なんでそんなに幸せそうな表情をしているの。

「……なにがそんなに楽しいんですか」

エージ先輩は「んー？」と首をかしげると、そのままわたしにグッと近づいてくる。

先輩のオレンジ色の前髪が、目の前でふわりとゆれる。息すら届いてしまいそうな距離に、わたしの心臓はドクンとはねた。

「芽衣が自分のこと話してくれるから」

「……っ！」

ちょっぴりかすれた低い声。わたしより大きな手は骨ばっている。……男の子、なんだな。

当たり前のことを今さら実感した。

意識したらもうダメで。

体がカーッと熱くなってくらくらしてきた。男の子とこんなに近づくことって今までなかったから。

先輩、距離感バグってます。

「……ていうかっ……暑くないんですか」

この体勢から逃げ出したい。それは、そんな思いからとっさに飛び出た言葉だった。

「え？」

きょとんとするエージ先輩。そのすきに、わたしは二歩ほど後ずさる。

暦は六月——衣替えの季節に入ったのに、エージ先輩はいまだに長そでのシャツを着ていた。

ずっと不思議だったんだ。なんで衣替えしないんだろうって。

すぐに返事が返ってくると思ったら、エージ先輩は不思議そうな顔で自分の両腕をじっと見ている。

だけどやがてパッと顔を上げると、

「オレ、寒がりだから」

そう言って二コッと笑った。

「は……はぁ」

まぁたしかに、長そでを着てはいけないっていうルールはない。

それに、さっきの出来事で汗が出てきたわたしとはちがって、エージ先輩は長そでのくせになぜかすずしい顔をしている。

そういうもの……なのかな。

よくわからない答えにモヤモヤするけど、聞き返したところで、どうせまたはぐらかされるだけだ。

わたしはそんなモヤモヤをごくんと飲み込んで、ふいに空を見上げた。さっきより濃くなったオレンジの空は、こわいくらいにきれいだった。

なんてことのない、午後の会話。

だけど――。

この時覚えた違和感を、私はもっと気にするべきだったのかもしれない。

心地いいとき

ノートにびっしりと数式が並ぶ。その暗号のような文字を見ているうちに、めまいがしてきた。

これ、なんだっけ。どうしよう、さっぱりわからない。

パラパラと参考書をめくって見返してみても、それらしい記述がない。習った覚えもない。

この宿題が終わらないと、明日の塾の授業に間に合わないのに。

あせっても仕方ないのはわかっている。だけど……。

――さっすが学年一位サマは違うねー。

美優の言葉を思い出す。……学年一位、か。

聞いてあきれる。

わたしはノートの端をぐしゃっと握りしめた。

怒られないように、見捨てられないように。お兄ちゃんに追いつきたいと必死に勉強してきた結果が『学年一位』だっただけ。

それをすごいと言う人もいるけれど、わたしからしたら、家でなにも勉強しないのに毎回テストで百点をとってくるお兄ちゃんの方が、よっぽどすごかった。

それに『学年一位』になったところで、お母さんがわたしをほめてくれることはなかった。


あの時だって、そう。

去年の今ごろ、美術部で出した絵画コンクール。

わたしの作品は『優秀賞』をとったのに、お母さんは「そうなの」と言ったきり、わたしの絵を見ることもほめてくれることもなかった。

『大賞』しか興味がないんだと思う。

コンクールに出したのは大きなひまわりの絵。ひまわりのモチーフが好きでよく描いているわたしが、そのとき出せる力すべてを使って描いた作品で、わたしはそれを気に入っていた。

だからこそ、お母さんにほめてほしかった。なんでもいいんだ、「よかったよ」のひと言でいいから……欲しかったんだ。

病院にひっそりと飾られたその絵の存在を知っている人は、きっと誰もいない。

わかっていることだけど、それでも期待してしまう自分がいる。

いつか、ほめてほしい。いつか、いつか。わたしのことを見てほしい。

そんな気持ちで、無駄な努力をしてしまう。自分をいつわってしまう。

泣きそうになって、きゅ、と唇をかんだ。

泣いてる時間なんてない。泣くくらいなら、一つでも多く百点を出さなければ。

ふと時計を見たら、もう夜の十一時をまわっていた。あっという間にこんな時間だ。

今日はここまで……かな。

明日は実行委員の仕事もないし、早めに塾に行って、質問して——。

考え込んでいると、いきなりドアが開いた。「開けるわよ」のひと言くらいほしいのに、いつもこう。

「いつまで起きてるつもりなの？」

ノートを閉じる手を止めて顔を上げると、部屋に入り込んできたお母さんと目が合った。

応援の意味でわたしに夜食を持ってきた……わけではなさそう。

もう寝るのか、パジャマにメガネ姿。わたしをチラと見て、それからすぐに机の上のノートを見て顔をしかめた。

「まだ宿題をやっているの？　いったい何時だと思っているの」

なんでお母さんはこんなに不機嫌なんだろう。わたしが起きていて、なにか迷惑でもかけた？

「……もう寝るところ」

「そう？　なら早くしたくしなさい」

お母さんは、そのままぐるりと室内を見回した。そして本棚のある一角を見て「あら」と小さくこぼす。

「もうこんなもの必要ないでしょ」

そう言って本棚から引き抜いたのは、わたしが大事にしていた美術雑誌だった。

「あなたが勉強に集中できるよう、これはあずかっておきますからね」

「え……」

思わずそう言って、手で口をおさえた。

「なに」

と一言。ふだんよりワントーン低い声。

「……ううん、なんでもない」

にこりと笑って目をふせる。

わたしの返事に満足したのか、お母さんは美術雑誌を手に持って出ていってしまった。

——持っていかないで。

そう言いそうになった。

もう絵は捨てたはずなのに……——。


「そこだ、そこ……いけっ！」

結局昨日は、塾に早めに行くことでなんとかなった。

何個も質問をするわたしに、『わからなかったら、無理してやってこなくていいですよ』と言った、先生のあわれんだ目が忘れられない。

遠回しに『あなたには向いてない』と言ったんだと思う。

そんなことわかっているけど……やめるわけにはいかなかった。

勉強ですら見放されたら、もう本当に、わたしにはなにも残らなくなってしまうから。

「ああー……惜しい！」

さわやかな風が吹く中、となりのこの人……エージ先輩は、サッカー部の応援に夢中だ。

二チームに分かれて練習試合をしているんだけど、エージ先輩はどっちともを応援しているから、ひっきりなしに「行け」だの「違う」だの叫んで、せわしないったらない。しまいにはフェンスから身を乗り出すもんだから、落ちちゃうんじゃないかと、見ているこっちがハラハラしてしまう。

わたしがこんなに思い悩んでいるのに、なんにも知らないとはいえ能天気なんだから。

「……サッカー、好きなんですか？」

じとっと見ると、エージ先輩はグラウンドから視線を外し、わたしに向き直った。

「うん、大好き！」

満開のひまわりみたいな特大笑顔。大好き、の言葉についついドキッとしてしまう。

わたしに言ってるわけじゃないことくらい、わかってるけど……。

大好きなら、こんなところで時間をつぶしてないで、サッカー部に入ればよかったのに。

ふいにそんな言葉が浮かんだけど、口には出さない。

どうせ言ったところで、いつもみたいにはぐらかされるだけだからだ。

実行委員会もないし塾もない今日は、予習をするために早く帰るはずだった。

だけど、なんでもない、エージ先輩とただ過ごすこの時間が名残惜しくて、「あと少し」と思いながらも帰れずにいる。

あいかわらずサッカーの応援に夢中な先輩をぬすみ見た。

あーあ、楽しそうな顔しちゃって。

わたしに興味がある、と言ったわりに、エージ先輩からはなにも聞いてこない。

「なにか悩んでるの？」「うまくいってないの？」「今日はなにがあったの？」

となりで憂うつそうにたたずんでいるわたしがいても、そういった類のことすら聞いてこない。

その代わり、自分のことも語らない。

紗枝や美優はいつも自分の話ばかりするから、きっとみんなそうなんだと思っていたけど、エージ先輩はちがうみたいだ。

だから本当に、ただなにもないゆったりとした時間が過ぎる。

風が吹き、雲が流れ、水色だった空がしだいに赤く染まり、濃い紺色になるのを二人で眺める。

なんにもない。だけど心地いい時間。

こんな時間の使い方をするのは久しぶりだし、それを誰かと共有するのははじめてだった。

「……ふぁ」

あまりにもゆったりしているからか、思わずあくびがこぼれた。

そんなわたしの姿をエージ先輩は見逃さない。さっきまでサッカー部しか眼中になかったくせに、目ざといんだ。

「眠そうだね」

クスクス笑いながら、おもちゃを見つけた子供みたいに楽しそう。

そんな反応も前ほど嫌じゃない。

「……ちょっと……塾の勉強についていけてなくて夜勉強しているんです」

「ほどほどにしたら？　眠いのってキツイじゃん」

軽い調子で返されるから、悩んでいるのがバカらしくなる。でも。

「そんなわけにはいかないんです」

眠いから、できないから、「じゃあ宿題やりませーん」なんて言えない。

これはわたしの意地でもあった。だってここでがんばらなきゃ、絵をあきらめた意味がない。

「……ふーん」

めずらしくきゅっと眉を寄せて考え込むようなしぐさを見せるから、今度こそ説教かなにかが降ってくるのかなと思った、だけど――。

「あっ、そういえばさ、調べてきたよ！」

パッと顔を上げた先輩の顔はおどろくほど楽しそうで。

よくわからない言葉が返ってきてずっこけそうになる。

えっと、今のでこの話は終わり？　やっぱりわたしに興味なんてないんだ。

ちょっぴり不満そうに「なにをですか」と聞いてみる。するとエージ先輩はよくぞ聞いてくれましたと言わんばかりにニッと笑った。

「ヒグチさんのこと！」

「え……？」

「芽衣、ヒグチさんのこと知りたがってたでしょ？」

くもりのないまっすぐな瞳。

たしかに樋口さんのことは気になってはいる。

だけど、調べてきたって……どういうこと？

黙っているわたしをしり目に、エージ先輩が口を開いた。

「樋口とも。二年三組。血液型はB型で八月生まれのしし座。家族構成は母、父、弟。部活には入ってない。友達はいないね。どちらかというと周りから浮いているみたい。いつも教室で本を読んでいるか寝ているかの二択。趣味は——」

「あの、ちょっと待ってください」

先輩の口元に向かってずいっと手を突き出した。急にわたしが止めるから、エージ先輩はきょとんとしている。

「え、なに、どうしたの？」

「調べてきたって……今の情報を？」

「そうだけど？」

先輩はなにが悪かったのか全くわかっていないみたいだ。

わたしが知りたいのは、樋口さんがどういう考えで行動しているか……つまり「内面」のことで、家族構成とか教室でなにをしているか……みたいなきわめて個人的な情報じゃないのに。

「たしかに気になるとは言いましたよ？　でも知りたいのってそういうことじゃないっていうか……ちょっとキモチワルイっていうか……」

『キモチワルイ』

そう言われたのがよっぽどショックだったらしい。いつも笑顔のエージ先輩がめずらしくうなだれている。

「芽衣になにかしてあげたくてオレなりに調べたんだけど、き、キモチワルイって」

「いえ、あの、気持ちはうれしいんですけど……」

うるんだ目でわたしを見つめてくる。その姿はまるで捨てられた子犬のようで、見ていると胸が痛んだ。

ず、ずるい。

「……あの、趣味、は……なんだったんですか？」

これ以上責める気にはなれず、さっきの報告レポートの続きをうながした。

そのとたん、エージ先輩はパッと顔をかがやかせる。

「それはね、ひ・み・つ」

「は……はぁ!?」

「あはっ、だってこの先は実際に見てもらった方がわかると思うし」

「途中まで言われたら気になるじゃないですか」

「気になるんだーそっかー、オレの調べたことが気になるんだー」

「……っ！」

なに、この人！

さっきわたしが言った「キモチワルイ」を相当根に持っているにちがいない。

べ、と舌を出して、いたずらっぽく笑っている先輩を見て、そう思った。

なんていうか……やっぱりエージ先輩はちょっと変な人で……意地悪だ。

「もういいです」

「あはは、怒らないでよ。ね、芽衣、デートしない？」

いきなりの言葉に、わたしは持っていたカバンを落としそうになった。

いま、なんて言った？

デートって聞こえたような気がする。

でもそんなまさか。

わたしにデートのお誘いをするってだけでもあやしいのに、さっき夜遅くまで勉強している話をしたばかりなのだ。

これはそう、聞き間違い。スルーしてやり過ごそう。

「ね、芽衣。デートしようってば」

だけど無視を決め込むわたしの顔を、エージ先輩がのぞき込んできた。

返事を期待するかのように目がらんらんとかがやいている。

聞き間違い、じゃなかったんだ。

ハッキリと聞こえてきた「デート」の単語に、心臓がガショガショ変な音をたてる。

「な、な、な、なんでそんな!」

体が火照って熱い。顔だって絶対赤い。

わたしのことからかうにしても、もっとちがうことにしてほしいのに。

よりにもよって「デート」って、たちが悪すぎる。

「芽衣はこん詰めすぎ! たまには息抜きしなきゃ。それに難しいって言っても二年の範囲でしょ？　勉強のことが心配なら、オレが教えるから」

ね？と言って、優しく微笑むから、なんだかやっぱりほだされそうになる。

そんな目で見てくるのはずるい。

「せ、先輩が教えてくれるの……？」

「うん！　こう見えてオレ、めちゃくちゃ頭いいよ」

……そのセリフ、すごくうさんくさい。

でももし仮にエージ先輩が教えてくれるとしたら……これほど心強いことはない。塾の先生にも聞きづらい今、頼れる人が見当たらないから。

わたしが黙っていると、エージ先輩はにんまり笑った。

「じゃ、決まりね」

「え？　え？」

「今度の土曜、二時に駅前ね！」

まだ行くって言ってないのに。

だけど目の前の嬉しそうなエージ先輩を見ていたら、「ムリです」なんて答えは言えそうになかった。

それにしてもエージ先輩はなにを考えているんだろう。デートだなんて。なれない甘いひびきに、屋上を出て階段をおりる足がこわばる。途中、右手と右足が同時に出ていることに気づき頬がカッと熱くなった。

わたしなんかと外で会ってもなにも楽しいことなんかないのに。

エージ先輩は調子いいから、きっと気まぐれで言っているだけ。わたしの反応を見て楽しんでいるんだ。

エージ先輩はそういうことに慣れていそうだし、勉強と絵ばかりで男の子に慣れていないわたしが面白いのかもしれない。

そうきっと、ただのヒマつぶし――。

最後の一段をおりた瞬間、「杉咲」と声をかけられた。

完全に油断していたわたしは、大きく体をのけぞらせる。

「ははっ！　そんなにおどろかなくても」

下の階段から顔をのぞかせた人を見てギクッとした。

それは少し前まで毎日のように顔を合わせていた人物だからだ。

「――片桐ぶ……先輩」

片桐涼先輩。美術部の部長だ。なるべく今、会いたくない人だった。

「なんで。『部長』でいいのに」

「そんなわけには……」

部長は一段飛ばしで階段を駆けあがり、あっという間にわたしのとなりにやって来た。

身長百八十センチ近い部長がとなりに来ると、圧迫感がすさまじい。

ぬっと立ってわたしを見おろすもんだから、部活を辞めた身としては気まずくて目をそらしてしまう。

わざわざ見つけて声をかけてくるということは……あまりいい予感はしない。

「さっき、屋上に杉咲らしき人が見えたからもしやと思ったら……。やっぱり杉咲だった」

「え？」

「オレ、今サッカー部の助っ人に入ってるんだ」

その言葉通り、たしかに部長は以前見た時よりかなり日焼けしている。

美術部の部長……だけど、その中学生らしからぬ恵まれた長身とバツグンの運動神経で、いつもいろんな部活に引っ張りだこなんだ。

今回はサッカー部というわけか。

「……先輩、目がいいんですね」

「ああ、両目ともAだからな」

ってことは、エージ先輩と一緒のところを見られたわけか。

部活を辞めて男の子と遊んでいる、なんて思われたと思うと、ますます気まずさに拍車がかかる。

なにか話題を変えないと。なにか、なにか……。

「あ、の、助っ人頼まれるなんて、やっぱりすごいですね」

「うん？　いや、そんなことないんだ。レギュラーだったやつが一人、いなくなっちゃったからさ」

いなくなった……？

片桐部長の目がさみしそうにふせられたから、なんだかただごとじゃないのだけはわかった。

「それって——」

「そんな話をしたいわけじゃなくて」

部長がとつぜん、わたしの肩をガシッとつかんだ。強い力にあらがえない。

「杉咲、戻ってこいよ」

ハッとして部長を見上げた。戻ってこいっていうのは、つまり——。

わたしはきゅっと眉を寄せる。

「もういいんです、絵は……」

「嫌いになったわけじゃないんだろ？」

泣きそうな声に聞こえて、一瞬「はい」と言いそうになった。

嫌いになれたらどんなによかったか。

部長の言葉がわたしの心に影を落とす。

「……ごめんなさい」

もうこの場にはいられない。

わたしは部長の手を振り払って、逃げるように立ち去った。

冬にやる、毎年恒例の共同制作……。文化祭の催し物と平行して準備する、部員同士のコミュニケーションをはかるための部内行事だ。わたしが急に部活を辞めたから迷惑がかかっているのかもしれない。

責任感の強い部長のことだから、こうやって声をかけてきたんだろう。

申し訳ないとは思うけど……でも、もう決めたことなんだ。

絵はもう描かないって。

兆し

——なんでわたし、来ちゃったんだろう。

約束の土曜日。

朝見た天気予報は「真夏日」。その予報通り、一歩外に出ると太陽がぎらぎらと照り付けていた。

道行く人も汗をぬぐったり、手で顔をあおいだり、暑そうにうんざりした様子で歩いている。

そんな中わたしは……——約束の駅前に来ていた。

エージ先輩はわたしをからかっている。真に受ける方がバカ。そんなの、わかっているはずなのに……。

だけど、つい、きょろきょろとエージ先輩の姿を探してしまうわたしがいる。

——まだ来てない。

これじゃ、わたしの方が楽しみにしていたみたいじゃないか。そんなんじゃないのに。

ため息まじりにワンピースのすそをつまんだ。

駅前でたむろしている女の子たちはみんなカラフルで派手な恰好だけど、わたしはそんな服持っていない。

わたしが着ている、ネイビーと白のチェック柄のワンピース。

一度だけ、紗枝と美優と三人で買い物をしたときに買ったものだった。

『今度遊ぶときにそれを着てきてよ』

二人にそう言われたのに、その『今度』がやってくることはなかった。

ハーッとため息をつき、ぼんやり街並みを眺める。

外出自体、久しぶりだった。

以前はどこに行っても色彩があふれてワクワクしたのに、「描かない」と決めたときから、なにもかもがつまらない景色になった。

正面に見える時計台を見上げる。約束の二時はとっくに過ぎていた。

……だまされたのかな。

だとしてもなにも不思議じゃない。エージ先輩は明るくて、悩みもなさそうで、みんなに好かれているんだろうから。

よりにもよって、わたしなんかとわざわざデートする理由はなかった。

考えていたらむなしくなった。

帰ろう。塾の宿題も自力でがんばるしかない。

屋上にはもう行けないけど……もともと違う世界の人なんだ。関わらない方が自然。

改札口に向かって方向転換したら――。

「芽衣！」

エージ先輩の声が聞こえてきた。

あわてて振り返ると、時計台のすぐ横にエージ先輩の姿が見えた。

いつも通り制服のシャツ姿。こんなに暑いのに汗ひとつかいていない。あいかわらずさわやかな笑顔でこっちに手を振っている。

あれ……？

ついさっきまでそっちの方向を見ていたのに、エージ先輩はいなかったはず。

いつからそこにいたんだろう。

「先輩……」

「なんでそんなおどろいた顔してるの」

「だって、もう来ないのかと思って……」

「あはは、そんなわけないでしょ？　オレが芽衣とデートしたいって誘ったんだし。遅れてごめんね」

エージ先輩はその手をわたしの頭にのばした。一瞬なでられるのかと思ったけど、先輩の手はそのまま引っ込む。

その代わりに耳元で「今日の芽衣、かわいいね」なんてつぶやいて。

耳から全身までがカッと火照ってしまう。

近づきそうで近づかない。そういうよくわからない距離感が、余計にわたしの心をドギマギさせる。

「あ、の、なんで制服なんですか」

「ちょっと用事があって」

「じゃあ……なんで駅前なんですか？」

「ふっふっふ、それはねー……行ってみてのお楽しみ」

エージ先輩はそう言うと、「あっちだよ」と指さしながら歩き出した。わたしもそんな彼について歩く。

目的地は、駅からほんのちょっと歩いたところだった。

足を止めたエージ先輩の背中ごしに建物を見ると、そこは紗枝と美優が話していたゲーセンだったのだ。

「ここって……」

「芽衣が行きたいかなって思って」

振り返ったエージ先輩がニコッと微笑む。

この場所を選んだのは偶然？　それとも……。

エージ先輩はやっぱりどこか不思議だ。

「ゲーセンってオレはじめて」

「えっ」

自動ドアをくぐる瞬間、となりから聞こえるエージ先輩の言葉におどろく。

「え……って。そんな意外？」

わたしが全力でうなずいてみせたら、先輩は「オレってそんなにチャラいかなー」と困ったように笑った。

チャラい、というか、オレンジの髪で派手だし、友達がいっぱいいそうだから遊んでるのかなと思って。

そう思ったけど心の中にとどめておくことにした。

でも……そっか。はじめて同士だと思ったらいくらか気が楽になる。

「ねー芽衣！　アレ！　アレやりたい！」

子供みたいにはしゃぐ先輩が指さしたのは、最新のプリ機だった。

ナチュラル盛りが売りで、肌の質感からまつ毛の長さまで細かく加工できるらしい。

「ええっ……わ、わたし、撮ったことない……」

「だからオレもだって」

まだやると言ってないのに、エージ先輩は素早く中に入っていった。

「ちょっと待ってくださいよ」

カーテンの中をのぞくと、『コースを選んでね』というアナウンスが流れていた。

エージ先輩はもうすでにお金を入れてるみたいだった。

そのままためらいもなくどんどん画面を押していく。

「ほら芽衣、早く早く！」

「え、ちょ、ウソでしょ⁉」

――3・2・1……、

「わ、わ、わ、待って待って待ってま――」

――パシャリ。

画面に映し出されたのは、うろたえている
わたしと、いつも通りの笑顔――つまり完璧なキメ顔のエージ先輩だった。

「待ってって言ったのに……！」

「あーほら、もう次の撮影だってさ」

「え⁉」

――3・2・1・パシャリ。

今度はわたしの目が半目になっていた。

「だ、大丈夫だって。きっとラクガキのときに直せるから……くくっ」

笑いをなんとかこらえようとしているのに、全くこらえられていない。

エージ先輩め……。

散々なわたしを横目にケラケラ笑う先輩をにらむと、正面から『パシャ』という音が聞こえてきた。

案の定、わたしの顔はイケテナイ。

「――はーっ、面白かったねー！」

ラクガキが終わってプリントされるのを待つ時間、エージ先輩は真っ先にそう言った。

「先輩はちゃんと撮れたからよかったかもしれないけど、わたしはひどかったですよ」

「なんで？　いいじゃん、どれもかわいかったんだから」

か、かわ……。

言いたいことがあったはずなのに、先輩がそんなこと言うから全部喉につっかえて出てこなくなった。

調子狂うな。

「あ、ほら、出てきたよ」

カタン、という音とともに、シールの出口から四角いものが飛び出てきた。

それを拾った先輩は、「ちょ、芽衣見てよ。やっぱりケッサク！」と笑いながらシールをわたしに差し出した。

さっきラクガキで見たじゃない。そう思いつつ受け取って見てみたら……。

「……ふっ」

飛び出そうなほど大きな目の人間が、二人。見ていたとはいえ……やっぱり可笑しい。ナチュラル盛りとうたっていた通り、撮影後はわりと普通の写真だった。

だけど先輩が、ラクガキの時間に加工具合をMAXにしたんだ。

非現実的なバランスの顔に、スラリと長すぎる手足。ここまでやったら宇宙人にしか見えない。

プリを撮ったあとは、ひと通りクレーンゲームをまわった。エージ先輩は「やったことない」と言いながらも次々と挑戦していくもんだから、結果として千円も使ったのに小さな人形一つすら取れなかった。

「こういう時にサッと取ってあげられたらかっこいいんだけどなー」と口をとがらせるエージ先輩が、かわいく見える。そんなこと、別にいいのに。

そのままウロウロしていると。

「あっ……」

ゲーセン内の片隅の休憩スペース。そこに立つ『めちゃ盛りソフトクリーム！』の旗が目に入った。

お金を入れたらソフトクリームが自動で出てくるシステムらしい。これって、紗枝と美優が話していた――。

「食べたい？」

「えっ」

「食べたいよね」

先輩はそう言うなり百円玉を機械の中にスルッと入れた。

「え、いいですよ、わたしが……」

さっき散々お金を使わせた身としては、これ以上使わせるのは申し訳ない。

だけどエージ先輩は、お金を取り出そうとするわたしを見て「いいから」とはにかんだ。

……こんなの、本当のデートみたいだ。

カタカタ、という音とともに、機械から下に置かれたカップにソフトクリームが落ちてくる。

カップが置かれた台がうまいこと回転するから、ちゃんとうずまきの形になっていた。

あっという間に特大ソフトクリームの完成だ。

「これで〝盛る〟らしいよ」

機械の横にはトッピングスペースが設けられていて、くだいたナッツやクッキークランチ、五色のスプレーチョコなどいろんなトッピングが置いてある。

「あ、これかわいい」

わたしがスプーンで取ったのは、クマの形をした小さなチョコレート。パラパラと特大ソフトクリームの上にまぶしてチョコスプレーもかければ、これで本当の「めちゃ盛りソフトクリーム」の完成だ。

「本当に、わたしだけ食べていいんですか？」

「うん、オレ甘いもの苦手だから。芽衣が食べてるとこ見れたらそれでいいよ」

……そんなこと言われても。

じーっと見つめられたら、食べようにも食べられない。

「……そんなに見られると食べられません」

「なんでー……見たいんだよ」

甘い視線にたじろぐ。それでもソフトクリームの端が溶けかかっているのを見て、覚悟を決めた。

そーっと舌を出し、小さくひとなめ。濃厚なミルクとチョコの甘さが口いっぱいに広がる。冷たくて……おいしい。

思わず顔がほころんでしまったけど、先輩に見られていることを思い出しすかさず顔をしかめた。

先輩、まるで自分が食べてるみたいな、幸せな顔。

エージ先輩といると本当、調子が狂う。

気まずくなって黙々とソフトクリームを食べていた、そのとき。

――ドンッ。

背中に感じる軽い衝撃。バランスをくずし、前につんのめった。

危ない、もう少しで倒れるところだった……。

「ゴメンネー」

わたしにぶつかったであろう女の人が、すれ違いざまにつぶやいた。

チラとわたしを見て一瞬怪訝そうな顔をしたけど、すぐにクス

クス笑い出す。

「……なにあれ、失礼だな。オレ言ってこようか」

「え！　いいですいいです！」

エージ先輩が今すぐにでも女の人を追いかけそうだったから、わたしはあわてて首を振る。

「そう……――」

エージ先輩はふっとわたしの顔を見て、そして――。

「ぶふっ」

突然ふきだした。

「ちょ、ちょっと」

さすがのわたしもこれには黙ってられない。

通りすがりの人がわたしを笑うのは怒るくせに、自分は笑ってもいいの⁉

だけどエージ先輩はそんなのものともせず、クスクス笑いながら鏡張りになっている柱を指さす。

見ろ……ってこと？

「なんなんですか……」

仕方なく鏡に映りこむ自分の姿を見て……絶句した。

鼻の頭に白いクリームとチョコスプレーが数粒ついていたからだ。

わたしはさっきからずっとこの姿で……。

「ぷっ……あはは！　なんで真っ先にそれに気づかないかなー」

「！　だ、だってそれどころじゃなかったし、それに……それ……に………………ふっ」

じわじわと、エージ先輩の笑いがわたしにも伝染して。

「ふふっ……あはは……」

気づいたら爆笑していた。もうなにが可笑しいのかもよくわからない。先輩が笑うから、わたしも笑う。

――楽しいな。

今、この瞬間がすごく楽しい。

お母さんといても紗枝や美優たちと話していても、息がつまる感じがして楽しいなんて感じたことなかった。

だけど先輩といると、自然体でいられる。

「芽衣が笑った」

しみじみと、すごくうれしそうにエージ先輩がつぶやいた。

「笑い……ますよ？　今までだって笑ってたと思うんですけど」

「うん、本当の意味で笑ったなって思ったんだ。そっか、芽衣はこういうときに笑うんだね」

あ……あの話……。

『オレは芽衣に興味があるよ。どんな時に笑うのか、どんな時に悲しむのか、どんな時に怒るのか』

いつかの放課後、エージ先輩がわたしに言った言葉を思い出した。

本気で知りたいと思ってくれているんだ……わたしなんかのことを……。

胸の奥がじーんと熱くなる。それになんだかくすぐったい。

わたしのことを知りたいなんて、そんな風に思ってくれる人、今までいなかったから。

うれしい、うれしい、うれしい。わたし……うれしいんだ。

「……絵は」

いつの間にかエージ先輩は笑うのをやめ、真剣な目でわたしを見ていた。

ドキンと心臓がはねる。

「えっ……」

「……絵は……もう、描かないの？」

慎重につむがれた言葉。いつもの軽口じゃないことはわかる。

ごまかしちゃいけない、そう思った。

「描きません」

もう何度目かわからない言葉を口にする。口にすることで、その覚悟を確かなものにしたいのかもしれない。

描かない。描きたいと思っちゃいけない。

その瞬間、エージ先輩がきゅっと唇を結んだ気がした。

だけど気のせいだったのか、次の瞬間には困ったように微笑んでいる。

「なんで。もったいない」

絵の欠片しか見てないくせに、適当なこと言って……。

さっきまで真剣な空気だったのに、急に茶化されたみたいで冷める。

わたしはソフトクリームの最後の一口を一気に口に運んだ。

「……欠片しか見たことないじゃないですか」

「欠片だったけど、ちゃんとひまわりだったよ。色使いが生き生きとしてて、生命力にあふれてて、それでいて――」

ハッとして目を見開いた。スプーンを持つ手がピタリと止まる。

「わーっ!! やめ、やめてくださいっ!!」

今……ほめられた。ほめられた……よね?

なんだろう、この感覚。ふわふわして……夢みたいだ。

体温が一度ほど上がったみたいに、体が熱をもっている。

手が小刻みにふるえていることに気付いて、わたしはそっと両手を握った。

「……エージ先輩にはわかりませんよ」

高揚する気持ちとはうらはらに、やっと口から出たのはそんな冷たい言葉だった。

こんなこと言うつもりじゃなかったのに。でも、ほめられなれていないから、なんて言っていいかわからなかった。

エージ先輩はふと、目を細めた。

わたしを通して、なにかちがうものを見ているような気がした。

「わかるよ」

声のひびきがあまりにも悲しくて。

「わかるよ。好きなものをあきらめなくちゃいけない気持ち」

それなのに、わたしを見つめる目はまぶしそうで。

エージ先輩……？　エージ先輩にも、なにかあるんですか？

いつも明るい先輩が、そんな顔になるものが。知りたいような、知るのが怖いような、
そんな気持ち。

「あの――」

「……なんて、ね」

フッと優しく微笑むから、これ以上なにも聞けなかった。

先輩はいつも『ひみつ』だらけで、近づいたと思ったら急に離れていく。

だけど……でもいつか、先輩のことを教えてくれるといいな。

先輩がわたしのことを知りたいと思ってくれているように、わたしも先輩のこと、知りたいから……。

嫉妬とあこがれ

ゲーセンを出たら、来たときよりいくらか日差しが和らいでいた。午後三時をまわったところ。日が落ちるまではまだ時間がある。

今日はこれからどうするんだろう。もうこれで終わり……？

そう考えてハッとした。はじめは「なんで来ちゃったんだろう」なんて思っていたのに、いつの間にか名残惜しくなっているんだ。

「………」

先輩はさっきから無言で歩いている。

「帰ろうか」と言われるのが怖くて「どこに向かってるんですか」なんて聞けない。

エージ先輩はどう思ってるんだろう。背中に視線を投げかけるけど、答えてはくれない。

そうやってしばらく歩いていたら、ある場所で先輩の足がピタリと止まった。

そこはなんてことない路地だった。駅から少し離れたから、人自体はそんなにいない。

道路沿いにちらほらとお店らしきものが見えるけど……でかでかとドクロが描かれた壁

だったり、どぎついピンクの建物だったり、どれも中学生に似つかわしくない。

本当に、こんなところに用事が……？

いぶかしげに先輩を見上げると、視線に気づいた先輩が「ほら、あれ」と言って前方を指さした。

あれ？　あれって……。

その先には、一人の女の子がいた。

夕焼け色の膝丈ワンピース。足元はゴツい黒いサンダルで、シアー素材のやわらかい雲みたいな靴下をはいている。

目元にはキラキラとラインストーンがかがやき、ワンピースと同じく、長い髪も夕焼け色に染まっていた。

派手な女の子だ。だけどその服装が彼女にすごく似合っている。

わたしにこんな派手な友達はいないはず。でも、どこかで見たことあるような……？

じっと目をこらして見ていると、その女の子が近づいてきた。

「杉咲さん？」

その声には聞き覚えがあった。

まさか……。

「ひ、樋口さん……？」

半信半疑。いや、できれば違っていてほしい。

そんな気持ちで聞いてみると、目の前の女の子は無表情のままコクリとうなずいた。

「せ、先輩！」

「ほら、話してみたかったんでしょ？」

あせるわたしに、エージ先輩が耳元で優しくささやく。

たしかに彼女と話してみたかった。だけどこんな急に？

心の準備というものができていない。

「そ、そうですけど……！」

エージ先輩、どうしよう。そんな気持ちでとなりを見たら、今まで話していたはずの先輩の姿がない。

こつぜんと、という言葉がぴったり当てはまるくらい、本当にとつぜんいなくなってしまった。

もしかして……帰っちゃった？

わたしがもたもたしているから呆れたんだろうか。
そうだ、せっかくの機会。ここで出会ったのは、きっとわたしが彼女と話す運命だって
ことなんだと思う。
ごくりと喉を鳴らして、じっと樋口さんを見た。
学校でのことがあってから話すのははじめて。ピリピリと緊張感がただよう。
すうっと息を吸って、
「あの――」
思い切って話しかけてみた。

「あの……ちょっと話さない？」

樋口さんのことだから、冷たく「興味ない」とかなんとか言って断られる。

そう思ったのに、彼女は学校にいるときよりいくらかやわらかい表情で「いいよ」と言った。

「わたし、このあと用事あるから、ここで立ち話になるけど」

樋口さんは腕時計を確認して、それから再びわたしを見る。

「あっ、そうだよね。……ごめん」

「なんであやまるの」

「用事があるのに話しかけちゃったし……それに、この前のことも……本当にごめん」

ずっと言わなきゃと思っていた。文化祭実行委員会で、わたしが期日を守れなかったこと。

塾のことで頭がいっぱいで、引き受けた実行委員の仕事をおろそかにしていたこと。

もう一度怒られる覚悟で言ったのに、樋口さんは「ああ、あれ」と、ケロッとしている。

「もういいよ。なんだ、そのことを話したかったの」

そう言われてハッとした。

ずっとあやまりたいと思っていたのは本当のこと。だけど、もっと強く知りたいと思ったこと、それは――。

「えっと……実はこの前、偶然聞いちゃったんだけど……樋口さんって志望校のランク落としたの？」

きっかけは、職員室で耳にした、先生と樋口さんの会話。

親や先生に反対される中、きっぱりとした口調で「この学校に行きたいので」と語った彼女を見たときから、わたしは樋口さんのことを知りたいと思ったんだ。

「落としたっていうか……。ねぇ、杉咲さんはわたしのこの恰好を見てどう思った？」

「え？　えっと……」

どう思った、といわれても。

いきなり話が変わったことを不思議に思いつつ、わたしはもう一度彼女をじっくり観察した。

たしかに中学生が着る服としては派手、ではある。

普段の樋口さんは、制服だって着くずしてないし、こんなこと言ったら失礼だけど、赤いメガネをかけていること以外は取り立てて特徴はない。

ハッキリした物言いは人を寄せ付けはしないけど、見た目は完全にふつうの子。……そんな印象だった。

それなのに今はどうだろう。

夕焼け色のワンピースも、メガネを外してメイクした顔も、『ふつう』とはちょっと違うかもしれないけど、樋口さんによく似合っている。

「とっても似合っていると思う」

正直にそう伝えたら、樋口さんはにっこり笑って「ありがとう」と言った。

それは、はじめて見る彼女の笑顔だった。

「実はね、この服、わたしが作ったんだ」

「……ええっ!?」

わたしはもう一度、彼女の服を上から下までなめるように見た。

とてもじゃないけど中学生が作ったとは思えない。売っているものみたいにしっかりしている。

「わたし、服飾専門学校に行きたいんだ。デザイナーになりたいの」

服飾専門学校——それは、めずらしい進路。「美術科のある高校」に行きたいと思っていたわたしとかぶる。……でも。

「……反対されなかった？」

――もし。もしわたしがお母さんに「美術科のある高校に行きたい」と言ったら……。

お母さんのことだ、発狂して家の中がぐちゃぐちゃになりかねない。

樋口さんは「うーん」と首をひねり、少しだけ考える素振りを見せた。そして。

「反対はされたけど、わたしの人生だから」

きっぱりと、あの日と同じ口調でそう言った。

「好きな服を着るし、好きなように生きる。誰にも文句なんて言わせないから」

瞳はキラキラかがやいている。でも夢見るようなふわふわした感じじゃない。

現実だ。樋口さんにとって「夢」は「現実」なんだ。

「……うらやましい」

意識せずとも、もれ出た言葉。今まで樋口さんを見て、何度も隠したいと思っていた気持ちだった。

うらやましい、彼女が。自分の気持ちにまっすぐに生きられる彼女が……とても。

樋口さんは怪訝そうな表情でわたしを見た。

「杉咲さんも、そうすれば」

あまりにもあっけらかんと言うから、一瞬なにを言われたのか考えてしまった。

「そうすれば」って簡単に言うけど、樋口さんみたいに生きるのはそう簡単なことじゃない。

「でも、そんなこと私には……」

「なんで？」

なんでって……それは。

親の言う通り医者になろうとしている理由。

本音を言わない〝いい子〟になっている理由。

……怖いんだ。お母さんに、友達に、嫌われるのが怖い。

ただでさえ代わり・・・・・がいる身なのに、自分を出して嫌われたくはなかった。

だから医者になりたくなくても、お母さんの言うことを聞いて志望校を変えた。絵をあきらめる選択をした。

友人たちと心の距離があるのに、笑ってごまかした。

そうすれば、こんなわたしでも必要とされると思っていた。

代わりじゃなくて、「わたし」として見てくれると、本気で思っていたんだ。

『杉咲さんも、そうすれば』と言える樋口さんは、強い。あまりにも強くて、わたしには真似できない。

心にスッと光が差し込む。でもその光は、今まで浴びたことのない光だった。

するどくて、あまりにもまぶしくて……痛い。

「わたし、そろそろ行かなくちゃ」

くるりと背中を向ける樋口さん。いけない、話している途中だったのに、ついぼんやりしてしまった。

「……ごめん、ありがとう！」

その背中に叫んでみても、彼女は振り返らない。でもそれが彼女らしくもある。

わたしは口にそえた手をおろし、余韻に浸るかのようにその場にたたずんだ。

樋口さんのこと、知ることができてよかった。

多分、彼女のことを知らなかったら、ただの嫉妬で終わっていたと思うから。

今日、この場所に来ることができてよかった。

あれ？　でもそもそもこの場所に来たのって……――。

「芽衣」

と、そこへ、ふわりと風が舞い上がる。

この声は——。

振り返ったときそこにいたのは……さっきいなくなったはずのエージ先輩だった。

「え、エージ先輩！　今までどこに行ってたんですか」

もう帰ったと思ったのに。

エージ先輩はなぜか得意そうにふふんと笑って見せた。

「邪魔かなぁと思って陰からこっそり見てたよ。で、どうだった？」

「どうだった、って……」

どこかふくみのある言い方。なにか言いたげな笑み。

そうだ、もとはと言えば、先輩がわたしをこの場所に連れてきたんだ。もしかして、樋口さんが来るとわかっててここに誘った……？

……不思議。ゲーセンのことといい、樋口さんのことといい、エージ先輩はなんでも見透かしているみたいだ。

「わたしが樋口さんの真似をできるかっていうと話はまた別だけど……でも、彼女と話せてよかったです」

「よかった」

やわらかい西日が先輩の右頬を照らす。その優しい笑みを見ていると、胸がぎゅっとなってなんだか泣きそうになる。

なんでそんなに、わたしのことに一生懸命になってくれるの？

「……じゃ、図書館にでも行こうか」

「え……」

呆気にとられるわたしの手元に向かって、エージ先輩が指をさす。

「そのカバン、ものすごーく重そうだけど、どうせ塾の宿題が入ってるんでしょ？」

「えっ、な、なんで、それを……」

今さら隠したところで無駄だとわかっているけど、わたしはあわててバッグを両腕に抱えた。

エージ先輩の言う通り、先輩と別れたあとに図書館にでも寄って、塾の宿題をやってしまおうと思っていたのだ。

そんなことまでお見通しだなんて。

「オレ、勉強見るって言ったじゃん」

先輩は楽しそうにニッと笑った。


『勉強を見る』

その言葉通り、たしかに先輩の教え方はうまかった。なんなら塾の先生よりわかりやすいくらい。

あんなに苦労していた宿題も先輩と一緒にやったらあっという間に終わって、ちょっぴり拍子抜けだ。

だけどこれで、今日は夜遅くまで勉強しなくてもすみそう。よかった……。

最後の問題を解き終えて、ノートを閉じた。

その音が想定外にひびいてしまって、近くに座っていた人から「んんっ」と咳払いされてしまった。

エージ先輩がわりと大きめな声で教えてくれたときはなにも反応しなかったのに……わ

たしには厳しい。

わたしはちらりと前の席に座るエージ先輩をぬすみ見た。

解き方を教えてくれてから、わたしが問題を解き終わるまでずっと本を読んで過ごしていた。

「先に帰ってもいいですよ」と言ったら、「芽衣が終わるまで待つよ」なんて言って。

優しいんだ。自分の勉強だってあるのに、こうやって休みの日を使って教えてくれて……。

エージ先輩は最初から、優しかった。

——あれ？

そこでふと、一つの疑問が浮かび上がる。

そういえば……エージ先輩の志望校ってどこなんだろう。

先輩は三年生。三年の夏といえば、受験勉強が忙しく、遊びに出かけている場合じゃない気がする。

教え方からして、頭がいいっていうのは本当みたいだけれど……

だとすると、余裕なんだろうか。

それとも……。

「——終わった？」

わたしの視線に気づいた先輩が顔を上げた。

「え、あ、はい」

じっと先輩のことを見ていたことがバレて……恥ずかしくなる。

赤くなったわたしを見て、先輩はやっぱりクスッと笑った。

——それとも、先輩も『息抜き』が必要だったのかもしれない。

いつかの放課後、サッカー部を見てさみしそうな表情をしていた先輩を思い出し、そう思った。

「エージ先輩、なんでわたしに親切にしてくれるんですか？」

バス停でバスを待つ時間。手持ちぶさたになったわたしは、思い切って気になっていたことを聞いてみた。

「言ったじゃん。芽衣に一目ぼれしたからだって」

だけど先輩は、笑ってはぐらかすばかり。本当のことは言ってくれないってわかっていたことだけど……。

「もう……」

だけどなんでかな、先輩の軽口に対して、前より嫌な気持ちにならない。

先輩が本当のことを言わなくてもいい。少しでも一緒にいられたら、それで。

この夢みたいな時間に、ずっとずっと浸っていたい——。

希望と絶望

——ゼエ、ハア。

息が上がる。一気に階段を駆けあがったから、太ももが痛い。

右手には数枚の白い紙をぎゅっと握りしめ、ひたすら屋上を目指す。

黄色と黒のしま模様のテープを越えるその動作すらもどかしくって、気持ちばかりあせる。

早く、早く。

いつもより重く感じるドアを開けて、

「っ……エージ先輩！」

大声で呼びかけた。

だけどそこには誰もいない。

今日はいないのかな。そう思ったら——。

「こっち、こっち」

上から声が降ってきた。見上げたら、階段室のハシゴをのぼったところから、エージ先輩がわたしを手招きしている。

なんだ、今日はそっちにいたんだ。なぜか一瞬、もう会えないのかと思ったから、顔を見ることができてホッとする。

「大きな声でどうした――」

大急ぎでハシゴをのぼり、先輩の目の前に、手に持っていた紙を突き付けた。

「テスト……！」

目をぱちくりさせながら、突き出した紙を受け取るエージ先輩。一枚、また一枚とめくっていく。

わたしは呼吸を整えながらその様子をじっと見守った。

今日返ってきた期末テスト、それに塾であったテストもふくめて、全部で七枚の紙。

そのどれもが今までとってきた点数より高かった。

もちろん塾の成果でもあるけど、ほとんどが、わかりやすく教えてくれたエージ先輩のおかげ。

だから真っ先にエージ先輩に結果を見せたかったんだ。

先輩ならきっと、誰よりも喜んでくれるはず。

「すごいじゃん、芽衣！」

案の定、顔を上げたエージ先輩は満面の笑みを浮かべていた。

「エージ先輩のおかげです」

「芽衣ががんばったからだよ。えらいね」

——えらいね。

そんなこと言われたことがなかったから、少しくすぐったい。

こんなにすがすがしい気持ちは久しぶりだった。

いつもテストが終わるたびに「なんでもっとできなかったんだろう」って自己嫌悪。

テストが返ってきた日は、予想通りの点数に、心の中はどんよりくもり空だ。

久しぶり……ううん、はじめて、自分で納得のいく点数がとれた。

「エージ先輩はここでなにしてたんですか？」

「オレ？　オレは空を見てたんだ。こうやって」

そう言って、ごろんと寝っ転がる。まるで子供みたいな行動にクスッと笑ってしまった。

「すごくいい天気だから、見ておきたくて。芽衣もやってみなよ、きれいだよ」

え、わたしも!?

コンクリートの上に直接寝るなんてこと、いつもだったら絶対にしない。でも、先輩がそう言うなら……。

わたしはちょっぴりドキドキしながら思い切って寝転んでみた。

「わ……」

階段室の上から見える空は雲一つない快晴で、まるでどこまでも続く真っ青なキャンバスみたいだった。

見ていると吸い込まれそうになる。深く、遠く、わたしの心をさらっていく。

この景色を――。

「テストがよかったら、絵が描ける？」

エージ先輩のその言葉で一気に現実に引

き戻された。空までの距離がぐんっと遠くなる。

いけない……またわたしは思ってはいけないことを思いそうになった。

わたしはそっと、青空から目をそらす。

「それは……わかりません」

お母さんは、許してくれるだろうか。美術部に戻ることを。絵を描くことを。……わからない。

「なんで先輩はわたしに絵を描かせたいんですか？」

はじめて会ったとき、『オレの絵を描いてよ』って言ってきた。

二人でゲーセンに行ったときも『絵はもう、描かないの？』って聞いてきた。

なんでわたしに絵を描いてほしいって思うのか。この前会ったばかりの人なのに。

笑顔だった先輩がふと真顔になった。

意識したことなかったけど、こうしてまじまじと見てみると、エージ先輩って色素がうすいんだ。

茶色い瞳。透き通りそうなほど白い肌。長いまつ毛は風にゆれてキラキラしている。

いつも明るく笑っているからわからないけど、真顔だとはかなくて、そして……きれい。

「芽衣の絵が好きだから。それに……――芽衣が絵を描きたがっているから」

「そんなこと……」

そう言われてドキッとした。

――図星。くやしいけど、当たっている。

エージ先輩と出かけたこと、樋口さんと会話したこと……そういう、今までの生活では知りえなかった新しい世界に、感情がゆれ動く。

この感情を筆に乗せて絵を描けたらどんなにいいか。きっと今までとはちがう絵が描けるはず、そう思うのだ。

「描きたいんだったら、描こうよ」

先輩の言葉がいちいち胸にひびいて、苦しい。

描きたいんだったら、描こう。それはすごく当たり前のことだ。当たり前で……なにも難しいことじゃないはずなんだ。

わたしは、手にしていた紙を見た。

もし……もしこのテストをお母さんに見せたら……。もう一度絵を描くことを許してくれるだろうか。

ぽっと小さな明かりが灯るように、胸の中に『期待』が生まれる。

どうなるかはわからない。けど、でも……試してみたい。

わたしがパッと顔を上げると、先輩がコクリとうなずいた。

• • • • • • • • • • • • •

お母さんと対面するときは、いつも緊張する。

なにかしらイライラしているお母さんの機嫌をこれ以上損ねないように、怒られないように、慎重に言葉を選ぶ。

こんなとき、お兄ちゃんがいたらよかったのに。何度そう思ったことか。

お母さんの大事な大事なお兄ちゃん。家族の緩和剤のような人。

お兄ちゃんがいたら……お母さんはイライラしていなかったかもしれないのに。

お兄ちゃんがいたら……わたしは絵を続けられていたかもしれないのに。

いままでそうやって、全部のことをお兄ちゃんのせいにしてきた。

最初からあきらめていたんだ。

小さなきっかけが、もしかしたら今までもあったかもしれないのに――。

「……これ」

家に帰るなり、キッチンで夕食の準備をしているお母さんに向かってテストを差し出した。

お母さんは水を止め、手をふき、無言のままテスト用紙をひったくる。

なんて言われるんだろう。期待半分、そしてもう半分は恐怖だ。

テストを見られる中、時計の針だけがチッチと音を鳴らす。

いたたまれなくなって、目をふせこぶしをぎゅっと握った。

「ふぅん……芽衣にしてはがんばったじゃない」

「…………！」

ほめられた……！

聞きなれないお母さんからの言葉にパッと顔をあげる。久しぶりに笑顔が見られると思ったんだ。

だけど……目に入ったのは、テスト用紙を眺める難しい顔だった。

「……けど、このくらいじゃ安心とはいえないわね」

瞬間、目の前が真っ暗になった。

――喜んでくれなかった。やっぱりだめだった。

「でも……前より上がってるよ？」

「簡単そうなところでミスしてるじゃない。気が抜けてる証拠よ」

わたしがめずらしく口答えしたのが気にくわなかったのか、お母さんの口調が荒くなる。

「あなたちゃんと見直ししたの？」

「した……よ」

「不十分なのよ。このままだったら、あなたまでお兄ちゃんみたいになっちゃうわよ」

お兄ちゃん、お兄ちゃん、お兄ちゃん――。

お母さんは、結局お兄ちゃんのことしか興味ない。いつまでも過去のお兄ちゃんにこだわっているんだ。

喜んでもらえると思っていた。

わたしの顔をまっすぐ見て、笑顔で「芽衣、すごいわね」って。「今夜はごちそうね」って。

でも……わたしの思い上がりだったみたい。

お母さんはやっぱりお母さんだ。わたしのことなんて一ミリも見る気がないんだ。

わたしなんて……わたしなんて……。

キーン、と耳鳴りがする。お母さんがまだなにか言っているけど、もうなにも聞こえなかった。

世界がどんどん色あせていく。エージ先輩のおかげで色を取り戻していた、世界が――。

気づいたら、お母さんに背中を向け走り出していた。

苦しくて、悲しくて。この胸の痛みをどうにかしたくて無我夢中で走った。

この色あせた世界で、わたしが生きている意味ってある？


たどり着いた先、学校内はがらんとしていた。

もう部活も終わるころだから、当たり前だけど。この様子だとエージ先輩もきっといない。

それでもわたしは、屋上に向かってひた走る。

もう、ぜんぶどうでもよかった。

ドアを開ける。にび色の重たい雲がこちらにまで迫ってきている。そんな天気の中、エージ先輩は……いた。

「芽衣、どうしたの？　顔色が悪いよ」

先輩はわたしの気配にすぐに気づき、心配そうに寄ってきた。

だけどわたしはそんな先輩を見ることもなく、そのまままっすぐフェンスに向かう。

一番右端から四つ目のフェンス。それは、壊れていて危ないとされるフェンスだった。

そうだ、最初からこうしていればよかったんだ。

あのとき、エージ先輩に引き留められなければ、こんな思いをしなくてすんだのに。無駄にがんばって、無駄に悲しい思いをした。

わたしはやっぱり誰からも必要とされないんだ。

「芽衣！」

勘のいいエージ先輩は、わたしがなにをしようとしているのかわかったみたいだ。

すぐにとなりまでやってきて声を荒げる。だけど……――。

わたしはキッと先輩をにらんだ。

先輩はいつだって、声はかけるくせに触れようとはしない。

今もわたしの腕を引っ張って無理やりにでもフェンスから離そうとすればいいのに、しない。

エージ先輩だって、別にわたしのことを本気で心配しているわけじゃない。

「危ないよ、芽衣」

「わたしなんかいない方がいいんだ」

口から飛び出た言葉は、自分で言ったとは思えないほど冷たくひびいた。

「……怒るよ」

「っ……」

エージ先輩が眉を寄せた。めずらしく、空気がピリッと張りつめる。

いつも、わたしがどんなに泣き言を言っても怒らなかったエージ先輩が……怒っている。

「なんでエージ先輩が怒るの。わたしが絵を描くのも描かないのも、ここから飛び降りるのも飛び降りないのも、全部エージ先輩には関係ないじゃん」

「そんなこと……！」

いきおいよく言いかけた言葉は、しりすぼみで消えていく。

ほらね、エージ先輩にはわたしを引き留める理由なんてない。

先輩はくやしそうに顔をゆがめた。

ぽつ、ぽつ、と降ってきた雨が頬をぬらす。黒くなった雲がわたしの心にも入り込んでいく。

頭が重い、胸が苦しい。

……もう、止まらない。

「芽衣、聞いて。オレは……」

「……力ずくで引き留めようともしないくせに……いつも口ばっかり！」

あ……——。わたし……いま、なんてことを……。

言ってしまって後悔した。

エージ先輩の顔が、今にも泣きだしそうだったからだ。

「せん、ぱい……わたし……」

——ザァッ。

急に激しく降り出した雨が、視界をうばっていく。

必死に顔をぬぐうけど、先輩の表情はもう見えない。しだいに体も冷えてきて……。

くらっ。

——わたしは意識を手放した。

●　●　●

『ずっと、芽衣に会いたかったんだ』

その声は……エージ先輩？

ごめんね、先輩。

わたし……わたし……なんてひどいこと言っちゃったんだろう。

先輩にあんな顔させたくなかったのに……。

『芽衣はオレの希望……太陽なんだよ』

そんなわけない。わたしはなんにもない。なんにもないんだよ、先輩……。


目を開けると、白い天井が目に入った。

ここは、どこ？　さっきのは……夢？

まだぼんやりする頭でゆっくり横を見たら、何度か見たことのある景色が広がっていた。

並んだベッド、薬品の置いてある棚、白衣がかけられたイス、骨格標本に体重計。

ここは……保健室だ。

そっかわたし……あのとき倒れちゃったんだ。

だとしたらエージ先輩がここまで運んでくれたんだろうか。でも肝心の先輩の姿はない。

と、そのとき。

ガラッと音をたててドアが開いた。

「せんぱ……——」

エージ先輩がやってきたものだと思った。だけど保健室に入ってきたのは、

「ぶ、部長……？」

片桐部長だった。

「目が覚めたか。よかった」

部長はさわやかに笑うと、中央にあった丸イスにどかっと座った。

「えっと……部長がここまで……？」

「上からドンッて音がしたから行ってみたら、杉咲が倒れてるんだもんな、おどろいたよ。

おまえ本当に運がいいんだぞ？　オレがたまたま美術室に残ってて、たまたま保健の先

生もいたからよかったものの、あのままだったら雨の中、誰にも気づかれずに倒れたままになってたんだからな」

そういえば、美術室はすぐ下だったっけ……。

「あの、ありがとうございます」

ひかえめにそう言ったら、部長は「ん」と短く言って、照れたように頭をかいた。

「あー……その……一応言っておくが、服は先生がやったんだからな」

服……？

そう言われて気がついた。わたしはいつの間にか、ジャージ姿になっている。

「いや、ほら、雨でぬれたままだと風邪をひくからって先生が……あっ、いや、その……そのジャージはまだ一度も着ていないもので……きれいだから」

気まずそうにしている部長が可笑しくって、思わずクスッと笑ってしまう。

「保健の先生の話では、杉咲、熱があるみたいだって」

熱……。全然気づかなかった。頭が重かったのはそのせいか……。

——そういえば。

「あの、誰か……いませんでしたか？」

あの場所にはエージ先輩がいたはず。なんでエージ先輩じゃなくて部長が運んでくれたんだろう。

だけどわたしの問いかけに部長は不思議そうな顔をして「いや、杉咲しかいなかったけど」と言った。

部長が来たときにはエージ先輩はもういなかった?

もしかしたら、わたしがあまりにも理不尽でひどいことを言ったから、怒って帰ったのかもしれない。

最後に見た先輩の表情を思い出し、胸が痛んだ。

「——あんまり無茶するなよ、見てられない」

部長がわたしを心配そうに見つめている。

辞めた部員のことをそこまで心配してくれるなんて、やっぱり部長は責任感が人一倍強い。

わたしはフッと息を吐いた。

「辞めた部員のことをそんなに心配しなくていいですよ」

「杉咲、わかってないみたいだから言うけど、みんな杉咲のこと心配してるからな。もちろん、オレだって」

「え……」

「お願いだから〝みんな敵〟みたいな顔するなよ。杉咲のことを見てるやつだって、ちゃんといるから」

まっすぐな、射るような瞳。部長にこんな風に見つめられたことがなかったから、ドギマギする。

「……とにかく、早く元気になれよ。オレはずっと待ってるから」

部長はわたしの頭をぐしゃっとなでて、出ていってしまった。

『〝みんな敵〟みたいな顔』って……わたし、そんな顔してた？　みんなわたしのことを心配してるって……本当に？

心の中がぐちゃぐちゃで、もうよくわからない。

ただ今は……エージ先輩に会いたい。会って話をしたい。

先輩、今どこにいるの？

叫(さけ)びとぬくもり

――エージ先輩(せんぱい)にあやまらなきゃ。

そう思(おも)うのに、ここのところ天気(てんき)はずっと雨(あめ)。

もしかしたら……と思(おも)い一度(いちど)屋上(おくじょう)に行(い)ってみたものの、ザーザー雨(あめ)が降(ふ)りしきる中(なか)やっぱり先輩(せんぱい)がいるはずもなく。

先輩(せんぱい)のクラスも知(し)らないし、かといって三年生(さんねんせい)の教室(きょうしつ)をまわる勇気(ゆうき)もない。

結局(けっきょく)、もう一週間(いっしゅうかん)近(ちか)く会(あ)えていなかった。

なんであんなにひどいことを言(い)ってしまったんだろう。『エージ先輩(せんぱい)には関係(かんけい)ないじゃん』なんて。熱(ねつ)があったとはいえ、言(い)っていいことじゃなかった。

エージ先輩(せんぱい)はわたしのことをただ心配(しんぱい)してくれたのに……。後悔(こうかい)はつのるばかりだ。

早(はや)く会(あ)ってあやまりたい。じゃないと、もうすぐ夏休(なつやす)みが始(はじ)まってしまう。

夏休(なつやす)みが始(はじ)まったら……エージ先輩(せんぱい)には会(あ)えなくなる。

「杉咲(すぎさき)さん、手(て)が止(と)まってる」

「え……あ、ごめん」

向かいの席に座る樋口さんがわたしをじとっと見た。

わたしはあわてて、机の上に置いてある紙のタワーから一枚とって、そばにサッと引き寄せる。

えっと……サッカー部は『ミニストラックアウト』ね……。

各部活や有志で集まったグループが、文化祭でどんな催し物をするのか……それをパソコン上に入力していく作業を、わたしと樋口さんの二人で担っていた。

きっとこれが紗枝や美優なら「なんでこんなことしなきゃいけないのかなー」「二年に任せるなって感じ」とぶつくさ文句を言いそうなものだ。

「ね、芽衣もそう思うでしょ？」と聞かれてわたしがあいまいにうなずくところまで想像できる。

だけど目の前の樋口さんは、ただ黙々と作業に徹していた。

効率重視で、わたしがよそ見をしようもんならするどい視線が飛んでくる。

わたしも今は、黙々と作業するのが苦ではなかった。

先輩に会えないあせりを、ごまかすことができるから。それに、お母さんとのことも悩まなくて済む。

熱を出して倒れたあの日。お母さんは迎えに来てくれたけれど、家に戻ってからはまるでなにごともなかったかのように、いたってふつうだった。

心配するでも、怒るでも、ましてや「ごめんね」とあやまるでもない。

本当に『なにごともなかった』のだと錯覚しそうになる。

そしてわたしも、そんなお母さんに向かっていく気力はなかった。

かといって死ぬ勇気も本当は……ない。

宙ぶらりんのまま、ただ毎日を過ごしている。結局わたしは弱虫だ。


――あ。

引き寄せた紙に『美術部』の文字。そうか、美術部は今年も展示をするんだ。

そういえば、あれは去年の今頃のことだった。

文化祭で展示するための絵とコンクールの絵のしめ切りが運悪く重なってしまって、先輩たちに泣きつきながらもなんとか両方完成させたんだ。

――もうわたしには、関係ないけど……。

わたしはパソコンに素早く「展示」と入力して、紙を無造作に投げた。

それに気づいた樋口さんが、几帳面に紙を正す。

「…………」

先日、樋口さんと話して以来の二人きり。わたしたちの距離がちぢまったかというと、そんなこともなく……。

樋口さんは必要以上にわたしと話そうとはしない。怒ってるわけじゃなさそうだけど。

「言えたの？」

作業する樋口さんをじっと見つめていたら、とつぜん口が動いた。

「え……」

怒られるものと思っていたから、一瞬なんのことかわからずにきょとんとする。

樋口さんは紙を机に置いて、一つため息をついた。

「『うらやましい』って言ってたから、てっきり親に進路でも反対されてるのかと思ったけど……ちがったの」

あ……この前の話、覚えてくれてたんだ。

「反対されてるっていうか……言えてなくて。自分の気持ち……」

言えてすらいない。みじめな自分が情けなくて、目の前の紙をぐしゃっと握る。

だから全然、樋口さんとは違うんだー。なんて言ってムリに笑って見せたけど、樋口さんはクスリともしなかった。それどころか怪訝な表情になる。

「なんで」

「だ、だって……」

そんなにまっすぐ「なんで」って言わないで。余計みじめになる。

こんな気持ち、樋口さんにはきっとわからない。

「自分の好きなように生きたら……嫌われない？」

「さぁ。そんなことで嫌うくらいの人なら必要ないし」

案の定、樋口さんはまるで宇宙人でも見るかのような視線を向けた。

ああ、やっぱり言うんじゃなかった。

わたしとは正反対の人に相談しても、解決しな……──。

「それに」

樋口さんがひときわ大きな声を出す。

予想外の出来事に、わたしは体をビクンとふるわせた。

「……それに。そんなわたしを『いいね』って言ってくれる人もいるから。その人を大事に、したい」

少し照れくさそうに。けれども真剣に。

樋口さんの放った言葉は、わたしの心にまっすぐ飛んできた。どろどろに溶けた世界が、ほんの少し輪郭を取り戻す。

そんなわたしを『いいね』って言ってくれる人――。

『きれいなオレンジ色したひまわりだ』

『オレは芽衣に興味があるよ』

『色使いが生き生きとしてて、生命力にあふれてて』

『芽衣ががんばったからだよ。えらいね』

はじめてだった。

わたしの描いた絵をほめられたのは。

はじめてだった。

わたしを知りたいと思ってもらえたのは。

はじめてだったんだ……。

誰からも必要とされないわたしに、寄りそって、話を聞いてくれた人。

わたしを『いいね』って言ってくれる人……それは、エージ先輩だ。

先輩に会いたい。会って「ごめんね」と「ありがとう」を伝えたい。

エージ先輩のことを考えると、胸のあたりがぎゅっと切なくなって、それからホッと温かくなる。

「あ……」

そっか、わたし……泣きたくなるほど、先輩のことが好きなんだ――。

「えっ」

樋口さんが優しい顔で窓の外を見ていた。

わたしもつられて外を見る。するとそこには……。

「虹……！」

長い長い雨が上がって、空には七色の虹がかかっていた。

それはまるで、新しい世界への入り口のようで。

「樋口さん、そんな顔もするんだね。かわいい」

夢見る少女のような瞳で虹を見ている樋口さんに声をかけた。

すると樋口さんは「え」という声にならない声をあげ、みるみるうちに赤くなる。

「や、やっぱり怖い、のかな……わたしって」

その様子がいつもとちがってかわいくて、なんだか樋口さんともっと仲良くなれる予感がした。

——芽衣に話しかけられて、嫌な子はいないと思うけどな。

わたしは、エージ先輩の言葉をやっぱり思い出していた。

エージ先輩に会える気がする。

そんな予感の通り、屋上にはエージ先輩の姿があった。

いつも通り、なにも変わらない。相変わらず長そでの制服を着て、いきおいよくドアを開けたわたしに微笑みかけている。

その顔が見たかったんだ。

わたしはゆっくり歩いて先輩のとなりに立った。

空には七色がまだうっすらと残っている。そのやわらかい光がわたしの背中を押す。

「ごめんなさい……あんなこと言って」

先輩はそんなわたしをとがめることなく、

「話してよ、芽衣のこと」

と優しく言った。

わたしのこと……。

『誰もわたしに興味ない』

そう思っていたから、自分のことを話すのは苦手だった。

だけどエージ先輩はちがうってわかったから……もう怖くない。

わたしは小さく口を開いた。

「……わたしには、お兄ちゃんがいるんです。年はちょっと離れてて……今二十三歳の。とっても優秀な人で、医者として働く父の跡を継ぐのは彼だって、お母さんはいつもほこらしげに話していました」

ぽつりぽつり、昔のことを思い出しながら話していく。

「その言葉通り、順調に医学部に進学して、あとはもう医者になるだけだったんですけど……いきなり大学を中退して海外に行ってしまったんです」

世界にある、たくさんの国をこの目で見てみたいって。

本当は医者になりたくなかったのかとか、お母さんに言われて進学を決めただけだったのかとか……今となってはわからないけれど。

「そしたらお母さん、今度はわたしに『医者になれ』って。おかしいですよね、そんなの。そんないきなり言われてできるわけないじゃないですか」

お兄ちゃんからの電話を切った後のお母さんの顔は、よく覚えている。

ふるふると、ふるえたまましばらく遠くを見ていたかと思うと、わたしに向き直って、不自然な笑顔で「ねぇ芽衣ちゃん？」と言ってきた。

『あなたはお兄ちゃんみたいにならないわよね？』

今度こそ失敗しないように。外に逃げ出さないように。

お母さんから伝わるそんな思いにびくびくしながら過ごす日々。それでもわたしががんばれば、お母さんはわたしを認めてくれると思った。

「……っでも！　ムリだった！　わたしがいくらがんばっても、お母さんは『お兄ちゃん』ばかり。わたしは結局、ずっとお兄ちゃんの代わりなんだ……！」

つぶやきは嗚咽に変わる。気づいたら一筋の涙が頬をつたっていた。

本当は必要とされたかった。誰かに見てほしかった。だけど。

「お母さんも、友達も……本当は誰一人としてわたしのこと必要じゃない。わたしはいてもいなくても、どっちでもいいんだ」

苦しかった。この気持ちを抱えたまま生きていくのが。

学校に行っても家にいても、気が休まらない。もうわたしの安心できる場所はないんだって、そう思ったら目に映る世界がモノクロになった。

最後の希望の「絵」まで失って、わたしにはもうなにもないんだなぁって……悲しかった。

「みんな、みんな、きらい。でも……」

ひゅうっと息の音がする。

こんなに話したのははじめてで、のどの奥がかすれて痛い。

でも、全部聞いてほしい。先輩に……先輩だからこそ、この想いを全部伝えたい。

エージ先輩はわたしがたどたどしく話している間も、ずっと優しい目で見守ってくれていた。

それがすごく……うれしい。

「でも……なんにも言えないわたし自身が……一番、きらい」

——そう、一番きらいなのは自分自身だ。

必要としてほしくて、見てほしくて、〝いい子〟になってしまう。

本当は言いたいことがあるのに、それを隠してしまう。

ずっとずっと、そんなわたしのことがきらいだった。

「そっか」

エージ先輩の声がふるえている。

「——芽衣はずっと悲しんでたんだね」

先輩の言葉を聞いた瞬間もう歯止めがきかなくなって、ぶわっと涙があふれだした。

だって、そうでしょう？

本音を言わない〝いい子〟でいるのとは矛盾しているけど、本当はわたしのことを誰かに知ってほしかったんだから。

悲しいんだって、わかってほしかったんだ。

別になにかを求めているわけじゃない。ただ気持ちに寄りそってくれたら、それだけでよかった。

エージ先輩の優しい視線は、まるで「もう大丈夫だよ」って言っているみたい。

「でもね、これだけは知っていてほしい。オレは芽衣が必要だよ。オレはずっと芽衣の味方だから……それだけは忘れないで」

——必要だよ。

それはわたしがずっとほしかった言葉。

信じられないくらいうれしくて、心がふるえる。

もう誰にもそんな風に言ってもらえないと思っていたんだ。

恥ずかしさも忘れてわんわん泣くわたしの背に、エージ先輩の腕がのびる。

あいかわらずわたしに触れることはないけど、でも……たしかにぬくもりを感じたんだ。

花火と嘘

——なんだかドキドキする。

もうすっかり暗くなった夜道を走る。

ショーウインドウに貼られたポスターには、大きな花火の写真とともに『花火大会』の文字が並んでいた。

『芽衣、一緒に花火を見に行こう』とエージ先輩に誘われたのが終業式の日。

塾の夏期講習だからと断ろうとしたわたしに、その帰りに学校で待ち合わせしようと提案してくれたんだ。

お母さんには塾に残るから少し遅くなると言っておいたから、きっと大丈夫だと思う。

たった三十分だけど、エージ先輩と花火を見れるんだ。

そう思うとドキドキがとまらなかった。

——カラン、コロン。

向こうから女の子たちが歩いてくる。きっと直接会場に行くんだろう。

華やかな色合いの浴衣姿が夜道を明るく照らしている。

浴衣……。わたしは、自分の着ている制服をじっと見る。

わたしだって、せっかくなら浴衣を着たかった。こんなんじゃいつもと同じで代わり映えしない。

エージ先輩は……浴衣かな。いつも制服姿だからうまく想像できないけど。

遅くなっちゃったな……。

チラ、と腕時計で確認する。もうそろそろ花火大会が始まる時間だ。

先輩はもう学校に来ているだろうか。

そもそも夏休み中で学校に入れないのに、どこで見るつもりなんだろう。

疑問は尽きないけど気にしない。

先輩と夏休み中に会える！　それだけでなにより嬉しかった。


「こっちだよ」

学校の門の前に、先輩はいた。笑顔でこっちに手を振っている。

やっぱり制服姿だ。

「遅くなっちゃって……すみません」

「全然！　もうそろそろ来ると思ってたし」

久しぶりに先輩に会えて、心が弾んでいるのがわかる。

わたし、浮かれてる……かも。

「……ところで、どこで花火を見るんですか？」

「どこって、学校だけど？」

「えっ、でも……閉まってます……よね」

エージ先輩の背後に見える門はしっかりと施錠されていて、簡単に開きそうもない。

不安そうなわたしを見て、先輩はニッと笑った。

「あ・そ・こ」

指さす先は学校をぐるりと囲む垣根だ。……って、もしかして。

「まさか」と言いたげに先輩を見上げたら、いつものいたずらっぽい笑みを返してきた。

……嫌な予感がする。

先輩はわたしの視線を気にせずに指さした場所へずんずん進んでいく。

足を止めたと思ったら……――たしかにあった。小さな小さな穴が。

「ま、まさか、ここから入ろうっていうんじゃや……」

「ふふふー、そのまさか！」

やっぱり！

「ちょ、ちょっと――」

待ってください。そう言い終わる前に、エージ先輩は垣根の穴をくぐって、あっという間に見えなくなってしまった。

わたし一人、置いてきぼりなわけで。背後からヒューッと生ぬるい風が吹き抜ける。

せっかく先輩と花火を見るために来たのに、こんな場所で一人ぼっちじゃ、来た意味がない。

……行くしか、ない。

わたしはごくっとつばを飲み込んで、いきおいよく垣根に頭をつっこんだ。

ガサガサガサッ。葉っぱや枝がわたしの頭やら腕やらにまとわりつく。やっと全身くぐり抜けたと思ったら、頭がぼさぼさになっていた。

「……エージ先輩、ここで見るんですか？」

体中にくっついた葉っぱを手で払いながら先輩の背中に問いかけた。

門の中、といっても、ここはまだ学校の中ではない。さすがに先輩といえど学校に侵入なんてことは――。

「芽衣、いい質問だね。たしかに入り口は閉まってるんだけど……ここが開いてるんだなー」

だけどエージ先輩は、ある一か所の窓をガラリと開けて見せた。

……ウソでしょ!?

信じられない思いでエージ先輩をじっと見るけど、先輩はひょいっとジャンプして窓から一階にすんなり入ってしまった。

「ほら、芽衣もおいで。そこの石を台にしたら簡単だよ」

「だ、大丈夫なんですか?」

学校に侵入なんてして。

〝いい子〟として生きてきて十数年。当然、学校に不法侵入なんてしたことはない。もし誰かに見つかったら……考えただけでゾッとする。先輩は受験だってひかえているのに。

「へーきへーき。誰もいないから」

不思議。先輩がそう言うなら、本当に平気な気がしてくる。

わたしはおそるおそる窓のふちに手をかけた。


夜の屋上は、当たり前だけどしんと静まりかえっていて、どこか神秘的だ。

家や街灯の明かりがぼんやりと広がっていて、それがとてもきれい。こんな景色があるんだな。

それにしても、ここまでたどり着くのは大変だった。

先輩の言う通り人の気配は全くなかった……んだけど、それはそれで「肝試し」のような気持ちになって、みょうに緊張感があった。

こんなことしなくても、学校の外でもっと先輩に会えたらいいのに。

たとえば……図書館で。受験勉強をする先輩のかたわらで、わたしも勉強をしたりして。帰りに近くのカフェに寄ってもいいかもしれない。

気晴らしに映画とかもよさそうだ。先輩はわざとホラー映画を選んだりしそうだな。

楽しげな空想ならどんどんふくらむ。

でも問題は、どうやって先輩を誘うかということだった。

わたしはエージ先輩の連絡先を知らない。

夏休みに入ってしまった今、会う約束ができないのだ。

その問題を解決する方法は……先輩に連絡先を聞くこと、ただ一つ。

このチャンスを逃したら、次に会えるのは二学期が始まってからになってしまう。

聞かなきゃ。

わたしはぎゅっとこぶしを握った。


「っ……——」

意を決して顔を上げたら、エージ先輩がなにか言いたげな顔でわたしを見ていた。

急に目が合ってドキッとする。

もしかして、先輩もわたしと同じことを思っていたり……。

「最近、塾はどう？」

だけど、エージ先輩の口から飛び出たのはなんてことないただの質問だった。

拍子抜けして一瞬答えが遅れる。

「え？　じゅ、塾……。えっと、先輩のおかげで、だいぶ授業にもついていけるようになりました。お母さんにも文句を言われることもなくなったし」

「そっか……」

喜んでくれると思ったのに。エージ先輩はなぜか浮かない表情で黙り込んでしまった。

どうしよう……なんだか先輩の様子がおかしい。連絡先を聞けるような雰囲気じゃないことはたしかだ。

なにか悩んでいるのかな。だとしたら、今度はわたしが先輩の力になりたい。先輩がわたしを支えてくれたみたいに、今度はわたしが……。

先輩の肩に手を置こうとしたら、

「それで本当にいいのかな」

先輩の口が再び開いて、わたしはのばした手をピタリと止めた。

先輩は顔を上げて、わたしをまっすぐ見つめる。真剣な瞳に胸がぎゅっとつかまれる。

「親の言う通り勉強して、いい高校に行って、医者になる……それで芽衣は本当に幸せ？」

――本当に幸せ？

先輩の声がリフレインする。そんなの、そんなの……。

そのとき。

――ドンッ！

とつぜんひびいた破裂音。ふと夜空を見ると、漆黒の空に大輪の花が咲きほこっていた。

「わ……ぁ」

花火を最後に見たのは五年前。まだ高校生だったお兄ちゃんと、お母さんと三人で。

家の窓から見える小さな小さな花火だったけど、一つ、また一つと打ち上がるたびに、感動の声をもらした。

あの頃はまだ楽しかった。

それが、お兄ちゃんが海外に行って、お母さんがわたしにお兄ちゃんの代わりをさせようとしてから、わたしは自分の気持ちが言えなくなった。

もっとわたしを見て！　必要として！　ってそればっかりで、自分の気持ちを無視してきたんだ。

――ドンッ……ドンッ……。

赤、青、ピンク……次々と上がる花火から目が離せない。

上がるまでのワクワク感、パッと花開く瞬間、遠くまで鳴りひびく音。

この臨場感を、わたしだったらどう描こう。キャンバスに何色をのせよう。

ずるい、先輩はずるい。こんなの見せられたら、やっぱり描きたいと思ってしまう。

この胸のときめきは、どうやったって抑えられそうもない。

「ふっ」

すぐとなりで笑い声がした。

「ね、芽衣の心は正直だ。描きたいんでしょ?」

エージ先輩が優しく微笑んでいる。今までで一番、うれしそうな顔。

先輩は最初からわかっていたんだ、わたしの本当の気持ち。きっと、はじめて会ったあの瞬間から。

「でも……」

ただでさえ『必要とされていない』のだ。

絵を描きたいなんて言ったら、今度こそ見放されてしまう。それがすごく、怖い……。

「人生はたった一度しかないんだよ。好きなことを、好きなようにやってほしい。後悔してほしくないんだ。せっかく今芽衣は生きて……絵を描けるっていうのに」

それって……どういう意味——?

意味深なセリフにエージ先輩をじっと見るけど、先輩はただ微笑むだけだ。

「誰かのために生きなくていいよ。芽衣は芽衣の人生を歩んでいいんだよ」

パラパラパラ……と花火が散る。その最後のきらめきの中に、エージ先輩がいた。

——わたしの人生を……。

才能はないかもしれないけど、それでも絵が好きで、絵を勉強したいと思った。いろんな感情を筆にのせて描きたいと思った。

大切だった。わたしの中で芽生えたこの気持ち……大切に、したかった。

今からでも間に合うのかな。一度は破り捨てたあの絵を、もう一度かき集めてもいいのかな……。

「わたし……もう一度絵を描いてもいいのかな……」

小さくぼそりと言った言葉。

花火の音でかき消されて聞こえないはずだった。だけど——。

ふっと優しく微笑むエージ先輩を見たら、それが答えだとわかった。

もう一度、絵を描く。今度は誰に反対されようとも、めげないで描き続けたい。

それがわたしらしく生きるってことだと思うから。

「今日、芽衣と花火を見れてよかった。うれしいな……夢みたいだ」

遠くを見てひとりごとのようにつぶやく先輩の姿を見たら、なんでだろう、ドキッとする。

そんな最後みたいな言葉を言わないで。

「……来年も、また一緒に見ましょう」

エージ先輩と二人で。たしかに先輩は卒業しちゃうけど、今度はわたしが屋上まで案内するから。

だから……そんな悲しい顔をしないでほしい。

「うん、また……来年」

だけどエージ先輩は、そう言ってまたさみしそうに微笑むのだった。

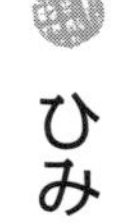

ひみつと予兆

まだセミが鳴く、九月。暦の上ではもう秋なのに、まだまだ暑くて夏真っ盛りという感じ。

夏休みが明けて数日が経った。学校は文化祭の準備でにぎわっていた。

いよいよ文化祭は明日。わたしの『文化祭実行委員』という仕事ももうすぐ終わる。

「杉咲さん、次三組行ける？　わたしは本部にこれ持っていくから」

「うん、わかった！」

樋口さんに向かって手でＯＫマークを作る。だけど樋口さんは、表情一つ変えることなくくるりと振り返って行ってしまった。

あいかわらずつれないなぁ。

でも、そんな対応をされても胸がズキッとしなくなったのは、樋口さんがどんな子かわかったからだと思う。

やっぱり話せてよかった。これも先輩のおかげだ。

エージ先輩とは、夏休み中に会ったのは結局あの花火大会の夜だけ。

連絡先を聞けなかったわたしのミスだ。

だけどあの夜は話がちがう方向に行ったから……聞けなかったのも仕方がない。

……と、下がっていく気持ちをグッとこらえて前向きに過ごした。

会えたとしても先輩は受験勉強とかで忙しかっただろうし。それに、わたしはわたしでやることもあったし。


「――じゃあ明日またよろしくね」

三組の子に明日の確認をとって、教室を出る。

わたしの仕事はいったんこれでおしまい。樋口さんと約束した時間まではあと少しありそうだ。

ガラガラ……とゆっくりドアを閉めたら、くるりと方向転換して東棟に急いだ。

やっと、やっと、やっと！　エージ先輩に会える！

途中、美術室に寄って手さげバッグを手にする。

どうしてもエージ先輩に見せたいものがあった。

きっと先輩なら喜んでくれるはず。

一気に階段を駆けあがり、いきおいよくドアを開けた。

「エージ先輩！」

わたしの声でエージ先輩が振り返る。ひと月ぶりの笑顔がまぶしい。

「見てください！」

そう言って、早速持ってきた手さげバッグの中に手を突っ込んだ。

中から取り出したのは、絵を描くための道具——画材だった。

油絵具に溶き油、絵筆、パレット、もちろんキャンバスも。

もともと家にあった画材はすべて没収されていたので、夏休み中に買いまわったんだ。

もちろん家に置いておくことはできないから、美術室にこっそり隠していた。

『絵を描きたい』なんて、直接お母さんには言えそうもない。

だからまず絵を描いて、それを見せようと思う。今度こそ『そんなもの』と思われないような、すごい大作を。

「わたしがどれだけ本気か、ちゃんと見てもらおうと思って」

久しぶりに画材をそろえる瞬間はやっぱり胸がおどった。

早く描きたくてウズウズしているけど、家では描けないから、文化祭が終わったら描こうと思っている。ここ、屋上で。

そのときはエージ先輩に見守っていてほしい。

「芽衣、すごく明るくなったね」

「そう、ですかね」

なんだか照れくさくって鼻の頭をかく。

わたしが明るくなったとしたら、それはきっとエージ先輩のおかげ。

行きたかった場所に連れていってくれたり、樋口さんと話すきっかけをくれたり、花火に誘ってくれて刺激をもらえたり……。

「芽衣、あのさ……話があるんだけど」

エージ先輩がいてくれたから、わたしは前向きになれたんだ。

「うん？　なんですか？」

わたしはエージ先輩をじっと見た。

太陽の光を受けて、オレンジの髪がかがやいている。

白い肌は、今日はいちだんと透明感があって、いまにも消えてしまいそうなほどはかない。

話がある、と言うわりに、エージ先輩はじっと黙ったまま固まってしまった。

なにか言いにくいことなんだろうか。

「もしかして……体調がよくないんですか？　なんだかちょっと……――」

いつもとちがうような。

「オレ……」

エージ先輩がなにか言おうとした、そのとき。

――ピンポンパンポン。文化祭実行委員は集まってください。くり返します。文化祭実行委員は――。

大音量でひびく放送にハッとした。

「いけない、行かなくちゃ！　樋口さんに怒られちゃう」

久々に先輩に会えて舞い上がってしまって、委員の集合時間が迫っていたことに気づかなかった。

もうちょっと話していたいけど……。

名残惜しい気持ちで先輩を見ると、先輩の茶色い瞳の奥が悲しげにゆれていた。

先輩、なにか言いたいことがあるんですよね？

言いかけた言葉の続きが知りたいけど、

「……じゃあ、またあとで」

そんな風に手を振られたら、もう行くしかなくなってしまう。

わたしはうしろ髪を引かれる気持ちで屋上をあとにした。


「……遅いっ」

教室のドアを開けると、樋口さんが仁王立ちでわたしを出迎えた。

眉を逆八の字にして明らかに怒っている。

「ごめん！　……あれ？　ほかの人たちは？」

ひょい、と樋口さんの肩越しに中をのぞくが、樋口さんのほかに文化祭実行委員の人たちはいない。

「杉咲さんが遅いからみんな先に行ったの」

「えっ、もしかして樋口さん、わたしを待っててくれたの!?」

うれしくて近づいたら、樋口さんはふいっと顔を背けてしまった。

「そういうわけじゃなくて。わたしと杉咲さん、ペアで動くことになっているから、仕方なく」

口ではそう言っているけど、ほんのり耳が赤くなっている。

かわいいところがあるんだよなぁ。

「じゃあ、さっそく行きますか」

教卓に置いてあるバインダーを手に取り、廊下を進む。

この時間は文化祭準備の最終チェックをすることになっていた。ちゃんと事前に提出した用紙の通りに準備を終えられているか、不足しているものはないか確認していく。

わたしと樋口さんは二階の教室を一つ一つまわって、次が最後の教室だった。

「次はここ、と——」

そこは、美術部が展示をする教室だった。

あ……片桐部長はあいかわらず、アーティスティックな彫刻をつくったんだ。

かわいいアクセサリーに、個性的な版画、陶磁器でつくった花瓶など、部員たちの多種多様な展示物がびっしり並んでいる。

……不思議だな。こうやって部員の作品を見ても、前ほど嫌な気持ちにならない。

前は、『もう絵は描かない』って思っていたから、目にするのも嫌だったんだと思う。

でも今は……。

「悪い悪い！」

ガラリとドアが開いて、片桐部長が入ってきた。

「ちょっと人に呼び止められて……っと、最終チェック、だったよな？」

部長は足早に教室に入ってくると、わたしと樋口さんを見てニカッと笑った。

見なれたわたしとはちがって、その大きさに、樋口さんが呆気に取られているのがわかる。

「……え、あ、はい。とは言っても、美術部は展示なので……そこまで確認はないんですけど。まず、入り口は一か所……教室の前方ですね？　それと……——」

そうはいってもさすが樋口さん。おどろいていたのは最初だけで、すぐにテキパキと仕事をしだした。

手持ちぶさたになったわたしは、実行委員の仕事は樋口さんに任せて、じっくり展示物を見ることにした。

どの作品も力が入っていることがわかる。

特に三年生は最後の展示だからか、いつもよりダイナミックな作品が多かった。

……ここに。

一か所だけ空いたスペースの壁に、そっと指をはわせる。

ここにわたしの作品も飾れたらよかったのに。

来年は絶対に飾る。そして先輩に見に来てもらうんだ。先輩はきっと、とても喜んでくれるはず。

目標をかかげたら、いてもたってもいられずに、今すぐにでも描きたくなってきた。

そういえば画材の入ったカバンを屋上に忘れてきてしまったし、今日このあと、残って描いてみようか……――。

「杉咲……忙しそうだな」

いつの間にか片桐部長がとなりに来ていた。

「え……あれ？　樋口さんは？」

きょろ……とあたりを見回すけど、樋口さんの姿はない。

「あの子なら『先に帰る』って言ってたぞ。杉咲が真剣に見てるから遠慮したんだろ」

そう……かなぁ。効率重視の樋口さんのことだから、ただ単に仕事が終わってわたしを置いていっただけだと思う。

あとで「もたもたしないで」と怒られそうだ。

わたしはふふっと笑った。

「……本当ならここに、杉咲の絵も飾りたかったんだけど……」

部長がチラ、と申し訳なさそうにわたしを見た。気をつかってくれているんだ。

わたしはそんな部長に向き直った。

「部長、わたし……もう一度絵を描こうと思って。お母さんには反対されると思うけど、ちゃんとぶつかってみようって思うんです。だからその時は……美術部に戻ってきてもいいですか？」

ごまかして、逃げてきた。でももう、逃げない。

そう決意したわたしの視界は、もうモノクロじゃなかった。

片桐部長が目を大きく見開く。

「なんだか変わったな、杉咲。前はいつも何かにおびえてるように見えたけど……今はなんていうか、自信に満ちている気がする。誰かのおかげ……なのか？」

そう聞かれ、まっさきに浮かんだのはエージ先輩の顔だった。

小さくコクリとうなずくと、片桐部長は宙を見て「そうか……」とつぶやく。

「じゃあ、そいつのこと大事にしないとな」

再びわたしにニカッと笑顔を向ける。

大事にしたい。先輩も、この気持ちも。

……そういえば。

今までエージ先輩のことを誰かに聞いたことはなかったけど……片桐部長なら同じ三年生だし、なにか知っているかもしれない。

エージ先輩はいつも「ひみつ」ばかりで自分のことをぜんぜん教えてくれないから。

何組？　部活は？　なにが好き？　なんでもいいから彼のことを知りたかった。

「あの――」

「片桐！」

わたしが口を開いたのと、部長が誰かに呼ばれたのはほぼ同時だった。

振り返ると、教室の入り口から男の人が顔をのぞかせていた。

部長を呼び捨てにするからきっと三年生だろう。わたしたちを見るなり「じゃました？」なんてニヤニヤして。

片桐部長は大人だから、そんな悪ノリには乗らないけど。

「どうした？」

「ああ、いや、さ。今度の試合、また片桐に頼みたいんだよね」

「いや、もういいって。一年を使ってやれよ」

「そこをなんとか頼むよ～！　あいつらまだ使える状態じゃないんだって」

すぐ終わる話かと思ったら、わりとこみいってそうだ。

話の内容からするに、助っ人のお願いらしい。

男の人は「な、な、頼んだぞ？」と何度も部長の肩をたたいて、そのまま返事を待たずにどこかに行ってしまった。

部長も大変そうだな……。

わたしのそんな視線に気づいたのか、片桐部長は「あいつ、サッカー部の部長でさ」と困ったように笑った。

「部長、何度も助っ人のお願いされてすごいですね」

「全然すごくないんだって。あいつら、人数がそろわないからって、ヒマそうに見えるオレをターゲットにしているだけなんだから」

「そんなこと……」

ないと思うけど。そう言いかけたとき、ふとある疑問が頭に浮かんだ。

「サッカー部って人数そろってないんですね」

それに、サッカー部なんて、人気でつねにレギュラー争いをしていそうなものなのに。

それに、サッカー部の部員が足りないなんて話、聞いたことなかった。

わたしの質問に片桐部長が意外そうに片眉を上げた。

「ああ、もともと三年と二年合わせてもギリギリの数だったんだ。それなのに去年の秋に、オレたちの代のやつが病気で死んじゃって……」

「え？」

「あれ、知らない？　……知らないか、学年ちがうもんな。かわいそうだったよ、本当。レギュラーの中でもかなりうまい方でさ、あのまま続けてたらサッカーの強豪校からオファーだって来そうだったのに」

——思い出した。

ちょうど一年前、紗枝から聞いた話。サッカー部の先輩が入院することになったと。『入院している先輩のために！』ってはりきって折りヅルを集めていたんだ。わたしも参加したけど、わたしには遠いことのように思えてあまり記憶にない。

しばらくして、先生からその先輩が亡くなったことを聞いた。人気のあった人だから、ものすごい騒ぎになったんだ。

誰だっけ、その人。折りヅルにはたしかに名前を書いたはずなのに。知りたいけど……なんでだろう、知るのが怖い。

「あ、の、その人って……」

なのにわたしの口は勝手に動いていた。

部長の口がゆっくり開く。スローモーションみたいに見えるのに、わたしの心臓はバクバクと異常な速さで動いている。

「――伊吹瑛士ってやつだよ。明るくて、すごくいいやつだったんだけど……――」

イブキエージ。

イブキ、エージ。

イブキ……エージ……。

その名前を聞いた瞬間、サッと血の気が引いていくのがわかった。

視界がぐにゃっとゆがむ。自分がいま、立っているのか座っているのかもわからない。

部長、なに言ってるの？　瑛士……エイジって。

そうだ、名前がたまたま一緒なだけで……エージ先輩とは関係ない。そうにちがいない。

だってありえない。そんなわけない。そんなことがあるわけ……。

でも——。

そうやって思えば思うほど、頭の中に次々といろんなシーンが浮かんでくる。

——違和感は、最初に会ったときからあった。

気分が悪いわたしを「大丈夫？」と心配しながらも、手を差しのべようとはしなかった。

それだけじゃない。わたしが飛び降りる素振りを見せても、なだめるだけで引っ張って止めようとしなかった。

触らないんだ……わたしに。

屋上に行ったら、いつも必ずわたしを出迎えてくれた先輩。不思議なことに、校内で見かけたことは、一度もない。

自分のことは「ひみつ」ばかりで、聞いてもはぐらかして。

そういえばいつかの放課後、練習するサッカー部をさみしそうな顔で見ていたっけ。

服装も、結局いつも冬用の長そでシャツ姿だった。外はこんなに暑いのに、汗をかいているのを見たことはない。

それに、片桐部長が屋上にいるわたしを目撃したときも、エージ先輩を見かけていないようだった。

そのどれもが、パズルのピースをはめるみたいにつながっていく。

でも……信じられない。信じたくない。

だってそんなの……そんなの……！

「つ……杉咲⁉」

気づいたら、部長に背を向けて走り出していた。

そうだ、プリクラ！

わたしと先輩は一緒にプリを撮ったじゃないか。あのとき確かに、先輩は写っていた。

かすかな、ほんのかすかな希望を胸に向かったのは、教室だ。

自分の机の中にある、小さなアルミのケース。ここに先輩と撮ったプリを入れていたんだ。

机の中から引っ張り出したはいいものの、あまりにあせりすぎて、わたしの手からケースがするりとすべり落ちる。

カランカラン……。静かな教室に無機質な音がひびいた。

それを拾い、大きく深呼吸。

わたしはふるえる指でなんとかふたを開けて、そっと一枚手に取ってみた。

真実と涙

うす暗い、夜のにおいがする空は、地平線だけ燃えるようなオレンジ色に染まっている。

『黄昏時』と呼ばれるこの時間が、わたしは好きだった。

「……エージ先輩！」

ふるえる声で彼を呼ぶと、いつものように振り返る。

だけど暗くて、表情がよく見えない……。ねえ、今、どんな顔をしているの？

わたしはゆっくりゆっくり近づいて、先輩に一枚のプリクラを差し出した。

信じたくなかった。「ああ、やっぱり人違いだね」って笑いたかった。

なのに――。

「ねえ、エージ先輩。ウソだよね？　そんなわけ……ないよね？」

なのに……小さな四角形の中には、不自然な笑顔のわたしが一人。

そのとなりにいたはずのエージ先輩の姿はなかったんだ。

それでもやっぱり先輩から聞くまでは、なにも信じないと誓った。

エージ先輩はフッと力なく笑って「そっか、気づいちゃったんだね」とだけつぶやいた。

なにそれ。

その言葉だけで、もう全部わかってしまった。……わかりたくなかったのに。

「本当は、このままずっと隠し通しておきたかったんだけど」

「隠し通すって……なに？　なんで……意味わかんない！」

だって先輩は今もここにいる。存在している。

エージ先輩に出会ってから今までのカラフルな日々も、たしかにそこにあったのに。そんなの……おかしいよ。

「……目・覚・め・たのは、五月頭の早朝だった。この恰好で屋上にいたんだ。なにが起こったのかぜんぜんわからなかったけど『あれ？　もしかしてオレ、病気が治ったんじゃない!?』なんて思って、登校してきた知り合いに手あたりしだい声をかけたよ。……でも、誰一人としてオレを見てくれなかったんだ」

エージ先輩は悲しそうに目をふせた。

はじめて語られる『エージ先輩のこと』。ずっと知りたいと思っていたけど、こんなことを聞きたいんじゃなかったんだ。

「それで気づいた。ああ、オレはこんな体になっちゃったんだって。死んだのに消えることができなくて、ずっとさまよってる……バケモノに」

ヒュッとのどが鳴る。それは、エージ先輩の音だったのか、わたしの音だったのか。

先輩の悲しみが、津波のように押し寄せてくる。苦しくて……胸が痛い。

「どうやったら消えるのかずっと考えてた。だってそうだろ？　誰にも見つかることがないのに、存在している意味なんてない」

言い終わったあとに、「いや、そもそも存在はしてないんだけど」と自嘲気味に笑う。

「でも……でも先輩は……――」

「でも」

わたしが声をあげたのと、先輩が口を開いたのは同時だった。

最後の力をふりしぼったかのような夕焼けの明かりに、エージ先輩が照らされる。やっと……やっと先輩の顔を見ることができた。

笑顔。……先輩は、笑っていた。

「でもあの日、芽衣に会えた。……芽衣に会えたんだ」

――あの日。

五月のよく晴れた、とても清々しい、あの日。

絵を捨てて生きる目的をなくしたわたしは、なにを考えているかよくわからないエージ先輩に出会った。

あの日から、わたしの毎日が変わった。少しずつ色づいて、いつしかあざやかに。

「なんで消えないんだろってずっと不思議だったけど……気づいたんだ。芽衣を救うためだったんだって」

わたしを救うためって。そのために、消えずにわたしの前に現れたっていうの？

……ズルい。そんなことを言われたら、もう怒れない。

「ふっ……う……」

叫びだしたいくらい苦しい。

でももう、わたしがなにを言おうが、先輩はもういないって事実は変わらないんだね。

そのことが、どうしようもなくさみしくて、悲しい。

「本当はもっともっと芽衣のことを見ていたかった。もっともっと芽衣のためになにかしてあげたかった。……でも、ごめんね。もうあんまり時間がないみたいだ」

その言葉通り、エージ先輩の全身はいつの間にか透けていた。それに蛍みたいな小さな光が先輩の体を取り囲んでいる。

消えちゃう。……先輩が、いなくなっちゃう。

「っ……いやだっ……！　ウソだって言ってよ、先輩……！」

冗談だって言って、笑ってよ。いつもみたいに、『仕方ないなぁ』みたいな顔してわたしをなぐさめてよ。

そんなことムリだってわかってるけど、でも。

「芽衣と過ごす時間が好きだった。プリクラを撮ったことも、花火を見たことも、全部が奇跡みたいに楽しかったよ」

「そんな、最後みたいなこと言わないで……わたしを救うためって言うなら……いなくならないでよ……。先輩がいなくなったら、わたし……わたし……」

ぽたり、ぽたり。頬をつたう涙が、制服をぬらしていく。

そんなのってないよ。せっかく出会えたのに。

エージ先輩のおかげで、もう一度絵を描こうって思えたのに。

せっかく気づいたのに……先輩への想い。大事にしたいって、大好きだって、気づいたのに……。

「――ねぇ芽衣、オレの絵を描いてよ」

いま、なんて？

顔を上げる。うるんだ視界にエージ先輩の優しい笑顔が映る。

暖かい、まるで太陽みたいな笑顔がわたしを包む。

わたしはフルフルと大きく首を横に振った。

「いやだ、なんで今そんなこと言うんですか……？」

「描いてほしいんだ。誰でもない、芽衣だから、オレがこの世にいたってことを残してほしいんだ」

『描きません』と言っても、エージ先輩はきっともう『残念だなー』とは言わない。

真剣なんだ。本気で、わたしに描いてほしいと願ってるんだ。

……最後だから？

「…………っ」

両目をこすって、屋上に置きっぱなしになっていたカバンをたぐり寄せた。

中から画材一式と、キャンバスを取り出す。

――描く。エージ先輩を……描く。

すうっと息を吸い込み、エージ先輩の真正面に座る。かすかな明かりの中で、真新しい真っ白いキャンバスと向かい合った。

エージ先輩はとてもきれいだった。

蛍みたいな光のせいでそう見えるのかと思ったけど、ちがう。

きっと最初からエージ先輩は、わたしの中で特別に光りかがやいていたんだ。

うさんくさいと思った。

初対面のわたしにいきなり『オレの絵を描いてよ』なんて言ってきて。

変な人だと思った。

よく知りもしないのに、『芽衣に一目ぼれしたから』なんて言ってきて。

でも……温かかった。その手に触れることはできなかったけど、先輩の視線は、言葉は、わたしをいつも包み込んでくれた。

〝わたし〟を見て、必要だと言ってくれた。

そんなことを言われたのは、はじめてだったんだ――。

「……っふ……うっ……」

泣くな。

泣くな、泣くな、泣くな。

泣いたら絵を描けない。エージ先輩を見て、ちゃんと描くんだ。

わたしはぎゅっと唇をかんだ。

一筆一筆、慎重に、ていねいに、大切に。

先輩の姿を一ミリだって見逃さないように、じっと観察する。

覚えていたいから。先輩のその、イタズラっぽいけどたまに優し

く細められる瞳。目に留まるあざやかなオレンジの髪。白くてきれいな肌。わたしの名を呼ぶ、少し低い声。全部……覚えていたいから。

最後の一筆が終わったとき、辺りは暗くなっていた。

わたしは無言のまま出来上がったものをエージ先輩に渡す。

先輩はそれをまじまじと見つめて、そして。

「……きれいだ。ありがとう、うれしいよ」

太陽みたいな笑顔をわたしに向けてくれた。

「…………っ」

わたしが絵を描いている間にも、エージ先輩はどんどん透明になっていた。

うしろの銀色のフェンスまで、先輩の体を通してハッキリわかる。

もう本当に時間がない。

「いやだ、行かないで……」

わたしの口から飛び出た意味のない言葉は、ぽとりとアスファルトの地面に落ちる。

——行かないで。

わかってる、そんなことムリだって。本当だったら出会ってすらいない人なんだから。

こうして話していることが奇跡なんだって……わかってる。でも……行かないで。

「芽衣……芽衣は、オレにとって太陽だったよ」

うつむくわたしに、エージ先輩の優しい声が降ってくる。

「そんなこと、ない……！　先輩が、先輩こそ、わたしの――」

「芽衣」

そのとき、ふわりと風が舞う。

エージ先輩がふいに、わたしのおでこにキスをしたのだ。

触れないけど、それは、とてもとても優しいキスだった。

月が昇る。小さな星がまたたいている。

きらきら、きらきら、エージ先輩のオレンジの髪も、白い肌も、光りかがやいていた。

ああ、やっぱり先輩はきれいだな。

「……せ、ん、ぱ……い」

――わたしの小さな叫び声は、どこまでも遠く、深い夜空に吸い込まれていった。

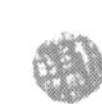

真実と涙　side エージ

「完治は難しいでしょう」

医者のその冷たい言葉を、オレは暗く静かなろうかで聞いていた。

診察室の中から、母親のすすり泣く声が聞こえる。

その声をぼんやり聞きながら、「やっぱり」と思った。そしてすぐに全身の力が抜けていくのを感じた。

今までまっすぐに、ただひたすらに、太陽に向かって伸ばしてきた枝を、一瞬にしてポキッと折られた……そんな感じ。

なんだったんだろうな、今までのがんばりは。本当、なんだったんだろう。

治らないんだったらサッカー部を辞める必要なんてなかったんじゃないか。この体が動くギリギリまで、グラウンドに立っていたかった。

ショックなはずなのに、涙は一滴も流れない。それどころか、心臓が動いているのかもよくわからなかった。

もういい。もういいよな、どうだって。

フラフラと歩いて、気づいたら休憩スペースに来ていた。入院患者もお見舞いに来た人も、誰でも休めるスペース。

茶色の長いソファで、老人が新聞を広げて読んでいる。いつもの光景だった。

だけどこの日は、そんないつもの光景とちがうことが一つあった。絵だ。

掲示板に、立派な額縁に入れられた絵が何点も飾られていた。一番端に『絵画コンクール』の文字が見える。オレはなんとなく、歩きながら端から一つずつ見てみることにした。

『絵画コンクール』だけあって、素人がなんとなく描いたような絵とはちがう。

美術っていうものを学んで、何度も描いてきた……そんなような絵だった。

それは風景画だったり、人物画だったり様々だけど、そのどれもが本当に上手だ。

……だけどなんでだろう。ちっとも心が動かされない。

もしかしたら、オレはもう死んじゃったのかもしれないな、なんて。

自嘲気味にフッと笑って、次の作品を流し見しようとした、そのとき。

「…………！」

それは、目が覚めるようなオレンジ色。青空の下、大きなひまわりがオレを向いて咲いていた。

植物に、ましてや絵に「生きているみたい」って思うなんておかしいかな。

これは絵だって頭ではわかっているつもりなのに、まるで目の前で咲いているように生き生きしている。

なんだ、これ。なんだこの、絵……。

その絵の前でオレの足は止まり、ただただボーッと眺めていた。止まったと思った心臓が、再び動き出し、そこから熱が広がっていく。

「……あれ」

気づいたら、頬を一筋の涙が伝っていた。絵を見て涙を流すなんて初めてのことだった。

ぬれた声で絵の下に書いてある名前をそっとつぶやく。そのとたん、胸の奥でなにかが
「……杉咲……芽衣」

パチッと弾けた気がした。

オレの学校の一学年下なんだ。どんな子なんだろう。気になって、気になって……その子に会いたいという気持ちが芽生えた。

さっきまであんなに「全部どうでもいい」と思っていたのに、かすかにオレの心に

「光」が差し込んだんだ。

会いたいと、願ってやまなかったその人。

その芽衣がいま、目の前にいるっていうのに……ダメじゃん、オレ。

一緒に過ごすことができて、やっと心の底から笑ってくれたと思ったのに、最後の最後にこんな顔させちゃうなんて。

屋上でどんどん透明になるオレを見て、芽衣が涙を流す。その姿に胸がしめつけられる。

——泣かないで。

消える間際、思ったのはそんなことだった。

もっと前に真実を話せていたら、こんなことにならなかったのかな。

いや……それでも優しい芽衣のことだ。きっと余計に悩ませてしまっていた気がする。

だから……これでよかったんだ。

夜空を見上げて涙を流す芽衣を見ていたらふと、さみしさが襲ってきた。

おかしいな。

ずっと、消えたかったはずなのに。ずっと、ずっと、どうしたら消えることができるのか、考えていたはずなのに。

それなのに今は、こんなにも名残惜しいなんて。

芽衣の姿がどんどん遠くなる。オレの視界もぼやけてきて……ああ、本当にもう、終わりなんだな。

どうか神さま、芽衣に幸せを与えてあげてほしい。芽衣がもう悲しまないように、オレの持っているもの全部あげるから。

一生懸命生きてきたんだ、それくらい叶えてくれてもいいだろ？

——それだけが、オレの願いなんだ。

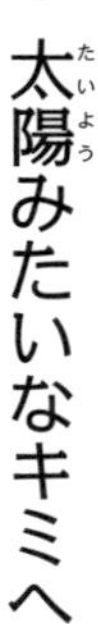

太陽みたいなキミへ

どうして朝はやってくるんだろう。
目覚めて、窓から差し込む光を見たときの、絶望。
あのまま時が止まったところで、どうしようもないのはわかっている。
ただ、わたしだけが次の日を迎えたことが、悲しかった。
もっと早く知っていればなにか変わったのかな。
もっと早く、先輩がいなくなることがわかっていたら……。
……きっとなにも変わらない。
わたしは怒って、なげいて、わめいて、先輩を困らせるだけ。
だったら最後まで楽しい時間が続いたことを、よかったと思うべきなのかもしれない。
「ねえ、ねえ、どこまわるー？」
「やっぱさー、家庭科部のクレープは食べるっしょ！　あとはー……あ、これしたい！
占い！」

「あー、紗枝、彼氏との相性気になるもんね？」

「やだーっ、美優だってアイツとの恋愛運占いたいでしょ～？　ね、芽衣もそう思わない？」

わたしも会話に入っていることに気づいたのは、とつぜん名前を呼ばれたときだった。

自分の机でぼんやり窓の外を見ていたわたしの近くに、いつの間にか紗枝と美優が来ていたのだ。

「え……」

「もーっ、芽衣ぜんぜん聞いてない！　実行委員で疲れてるのはわかるけどさぁ、文化祭は楽しもうよ」

「そうそう！　うちら文化祭、芽衣とまわるの楽しみにしてたんだよ？　芽衣ももちろん占いするよね？」

紗枝が頬をふくらませてわたしの腕を引っ張る。

……占い。申し訳ないけど、今はそんな気分にはなれない。

「……ごめん、やめとく」

わたしが小さく応えると、紗枝と美優は顔を見合わせた。

「……なんか芽衣さ、最近ノリ悪くない？　全然うちらと話してくれなくなったし」

「そうそう。なんか元気ないっていうか……もしかして体調悪い？」

二人がわたしの顔をのぞき込んできた。

紗枝と美優がわたしを心配してくれている……？　ちょっとビックリだ。

もしかして、わたしたち今までずっとすれ違っていたのかな。わたしが二人に歩み寄っていたら、関係もちょっとは変わっていたのかも、なんて思う。でも……。

——それでもわたしには、今行くべき場所がある気がするんだ。

わたしはいきおいよく席を立った。ガタッとイスが大きな音をたてる。

「——ごめん、やり残したことがあるから、わたし……行くね。心配してくれて、ありがとう」

目を丸くする二人をしり目に廊下に飛び出した。人ごみの中をかきわけて進む。

行きたい場所、やりたいこと……わたしが決める。

——また、ここに来てしまった。

抜けるような青空がどこまでも広がる。

さんさんと降り注ぐ陽光があまりにもまぶしくて、わたしは思わず目をつむった。

——芽衣。

先輩の声が、頭の中で反響する。

もしかして。そう思い目を開けるけど、やっぱりそこには誰もいなかった。

文化祭でにぎわう校内とちがって、屋上はおどろくほど静かだ。静かで、そして、さみしい。

見なれたオレンジ頭が見えないから、余計に。

来るんじゃなかった。

もういないとわかっていても、どうしても足がここに向いてしまう。先輩のいた形跡が残ってないか、探してしまう。

なんでもいい。そのオレンジの髪の毛一本でもいいんだ。

彼がたしかにここにいたってことを、感じたい。

少しでも空に近づきたくて、わたしは階段室の上にあがることにした。

こんなところのぼっていいのかな、なんて思っていたころが懐かしい。
思えば、エージ先輩に連れられて見たここでの景色が、すべての始まりだった。
そういえば、なんでわたしだけ先輩を見ることができたのか。
なんで『わたしを救う』ことで先輩は空に還ることができたのか。
わからないことはまだたくさんあるけど……もう聞くことはできない。
ハシゴを上までのぼりきると、そこからの景色はやっぱり格別だった。
今日はよく晴れているから、遠くの山まではっきり見える。
「あれ……？」
座ろうとふと下を見た瞬間、あるものが目に入った。
それは、真っ白い封筒。
誰かの落とし物？　でも、ここに来ることがあるのはわたしと……──。
「……っ！」
ハッとして、その封筒を手にした。
心臓がドッドと激しく動く。息が苦しい。まさか、まさか……。
わたしは、封筒を開けて中に入っていた便せんを空にかざした。

——芽衣へ。

手紙なんて書いたことないから、なんだか照れちゃうな。

変な文章だったら笑ってほしい。

なにから話そうか……芽衣にはまだ言っていないことがあるんだ。

オレと芽衣がはじめて会った日。

芽衣は初対面だと思ってただろうけど、実はオレは一方的に芽衣のことを知っていた。

「君は？」なんて聞いてごめん。気味悪がられたくなかったから。

あれは去年の春のこと。オレはある病気になった。

すぐに入院して治療することになって、大好きだったサッカーを辞めなければならなかったんだ。


つらかったよ、すごく。

そんなときだったんだ……——芽衣の絵と出会ったのは。

ある日、病院の廊下に飾られた絵画コンクールの絵を何気なく見ていた。

うまいけど、どれもパッとしないな、なんて失礼なことを考えて。

そしたらいきなり、本当にいきなり、パッと視界が明るくなった。

目に入ったのは大きなひまわりの絵。冴えわたるような青空と、とびきりあざやかなオレンジに目がくぎづけになった。

この時の感動を、どう伝えたらいいか……。

気づいたら、泣いてたんだ。絵を見て涙が出たのははじめてだった。

オレはその日から、毎日毎日、その絵を見にいった。

どんなに治療がつらくても、どんなに毎日が苦しくても、生命力あふれるひまわりを見ていると、不思議と勇気と元気がわいてくるんだ。

実は一つ白状すると、そのひまわりみたいになりたくて、先生たちに頼み込んで髪をオレンジ色にした。(みんなにはひみつね)

この絵を描いた人はどんな人なんだろうって、ずっと気になっていたんだ。

杉咲芽衣。スギサキメイ。何度も何度もその名を唱えた。

一度はくじけた心を、芽衣の絵が救ってくれたんだ。だからね、芽衣はオレを照らす、太陽なんだよ。

会ってみたい。いつしかオレの夢は、芽衣に会うことになった。

だからあの時、芽衣がオレの姿を見ることができるとわかって、奇跡だって思った。

それと同時に、なんでこの人はこんなに悲しそうなんだろうって不思議だった。

あんなに心をゆさぶる絵を描けるのに。

もし……もし芽衣がなにかにつまずいているのなら、今度はオレが助けたいと思ったんだ。

一つ……叶うことなら、芽衣に触れたかった。

その髪を優しくなでて「大丈夫だよ」って言ってあげたかった。

その涙をそっとぬぐってあげたかった。

抱きしめて、芽衣を悲しませるすべてのものから守ってあげたかった。

でも、できない。

その役目はきっと、オレじゃないんだね。

ねえ、芽衣。

オレは芽衣を助けることができたかな。

お願いだから、笑っていてほしい。

芽衣にはあのひまわりのような、明るい笑顔が似合うから。

芽衣に出会えて本当によかった。芽衣が、芽衣でいてくれてよかった。

ありがとう。

伊吹瑛士

——なに、これ。
先輩は最後まで、本当に……ずるい。
もう泣かないって決めたのに。なのに……。
大粒の涙がこぼれて手紙をぬらした。
『笑っていてほしい』
ひまわりのような笑顔……わたしに似合うかな。でも、先輩が言うならきっと。
わたしはスンッと鼻をすすって、涙でぐちゃぐちゃの顔を手で乱暴にこすった。
——泣かない！
先輩がいたしるしをぎゅっと抱きしめる。
すると……。

「あれ……？」

もう一枚、うしろに便せんがあることに気づいた。

涙のインクで書いたようなうすい文字を、目をこらして読んでみる。

『Ｐ．Ｓ．最後に、芽衣にプレゼントをあげるね』

たった一文。そんな言葉でしめくくられていた。

プレゼント？　プレゼントなら十分もらっている。

これ以上、いったいどんな——。

「杉咲……！」

バン！と大きな音がしたかと思うと、階段室のドアから片桐部長が出てきた。

上にいるわたしに気づくと、弾む息を整えながら「やっぱりここにいた」と言う。

部長の額からは大粒の汗。一気に階段を駆けあがってきたんだろう。

でも……なんで？　部長がわたしになんの用だろう。

「杉咲、なんで黙ってた」

「え……？」

やっぱりなんのことかわからなくて、小さく首をかしげる。

部長はじれったそうに「ああもう」とつぶやくと、ハシゴを素速くのぼり、わたしの腕をガシッとつかんだ。

その気迫にたじたじになる。

「部長、どういう――」

「いいから早く！」

え……えええっ⁉

よくわからないまま部長に引っ張られ、ハシゴをおり、階段をおり……あっという間にある教室にたどり着いた。

そこは、美術部の展示がされている教室だった。

にぎわうほかの教室とはちがい、少しばかり静かな空間。

廊下に出されている受付には、先輩の女の人が座っていた。

「芽衣！」

わたしを見るなりパァッと目をかがやかせ、部長とまったく同じ言葉を放つ。

「なんで黙ってたの⁉」

すかさず部長が「しぃっ」と人さし指を唇に当てて、先輩が申し訳なさそうに教室の中を見た。

「杉咲、こっち」

小声の部長が教室の中へといざなう。

二人ともなんだっていうんだろう。わたしは美術部の展示になにも関係ないのに。

よくわからないままおそるおそる足を踏み入れる。

教室の中では、数人のお客さんが作品を見ながらゆったりと過ごしていた。

部員たちの作品は、昨日見た時となんら変わっていない。

本当に、なんだっていうの……。

みんなの作品を見ながら部長のあとをついて歩いていたら……とつぜん部長がピタリと足を止めた。

「なん……――」

なんなんですか。そう言おうとして、やめた。

部長の背中越しに信じられないものが見えたからだ。

そこにあったのは……――エージ先輩の絵だ。

地平線だけかすかに赤く染まった濃紺の空をバックに、静かに微笑むエージ先輩の絵が、そこにあった。

わたしはゆっくり、ゆっくり、その絵に近づいていく。

正面に立ったとき、絵の下に書いてある作者名とタイトルが目についた。

『杉咲芽衣　きぼう』

……わたしの名前だ。

「アイツと知り合いだったのか？　知らなかったよ。作品を用意してたなら言ってくれればよかったのに。しかもこんな……力作」

となりで部長がささやいたけど、わたしは返事をするのも忘れて絵に見入っていた。

まちがいない、この絵は昨日描いた絵だ。エージ先輩の仕業だってことはすぐにピンときた。

先輩のいう『プレゼント』ってこのこと？

でも、いったいなんで……――。

「――芽衣」

そのとき、聞きなれた声がして、体がビクンとはねる。

そんなわけないと思いながらも振り返ると、そこにはお母さんがいた。

なんで……わたしに興味ないくせに。

今まで一度だってこういう催し物に顔を出したことないくせに。

「お母さん……なんで……」

わたしはうしろの絵を気にしながらたずねた。

わたしの名前を見られたら、お母さんになにを言われるかわからない。

「今朝、手紙が届いて。あなたが文化祭で絵を展示するって。差出人不明で普段だったら無視するのに……なぜかしら、無視できなかった。それどころか、見に行かないと後悔すると思ったの」

手紙……？

展示に出した覚えのないエージ先輩の絵といい、お母さんへの手紙といい、不思議なことが重なる。

エージ先輩の言っていた『プレゼント』って、もしかして……。

お母さんはコツ、コツ、とヒールの音を鳴らしながら一歩、また一歩と前に進む。

その目はまっすぐ、絵に向けられていた。

その口が「杉咲芽衣」とわたしの名を呼んだとき、ドキッとした。

見られた――。

ぎゅっと目をつむる。

怒られるだろうと、そう思ったのに、お母さんの声はおどろくほどやわらかかった。

「……芽衣は、こんな絵を描くのね……」

いま、なんて……？

「お母、さん……？」

目を開けて見えた母の顔は、憑き物が落ちたようにすっきりとしていた。

お母さんは視線を絵からわたしに向ける。その目はもう、わたしを非難してはいなかった。

「ママね、昔……画家を目指してたの」

「えっ……」

信じられなくて目を大きく見開く。

今まで、お母さんは絵に興味がないんだと思っていた。

『そんな無駄なもの』といつも言っていたし、むしろ嫌いなんだとばかり……。

だからそんなこと言われても、とてもじゃないけど信じられない。

お母さんは、わたしの気持ちがわかるのか、フッと小さく笑みをこぼした。

「うまくいかなくてね……才能がなかったの。この世界はあこがれだけでどうにかできるほど甘くないなって痛感したわ。だから……芽衣が絵を好きなのはわかっていたけど……同じ道を歩ませたくはなかったのよ。パパの仕事を継げば幸せになれると思っていたの」

知らなかった。そんな風に思っていたなんて。

わたしたちには会話が足りなかったのかもしれない。もっと話し合えていたら、ここまでこじれなかったんじゃないかと、今なら思う。

「でも……そうじゃないのね」

お母さんはもう一度絵を見た。その目はとてもまぶしそうに細められている。

エージ先輩。

エージ先輩のくれた、このチャンス……わたし、絶対に無駄にしません。

わたしはぎゅっとこぶしを握り、すうっと息を吸い込んだ。

「お母さん！」

目をしっかり見て。

必要とされたいとか、わたしを見てほしいとか、そんなので自分の気持ちを偽るのはもうやめた。

「――絵を、描きたいです」

わたしはわたしの人生を、生きる。

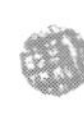

エピローグ

——自分でも本当にゲンキンだと思う。でも、お母さんに『絵を描きたい』と宣言したら、なんだかスッキリして。

美術科のある高校に志望校自体は変えたけど、勉強も前向きにやろうという気持ちにもなった。

せっかくエージ先輩に教えてもらって、塾にもついていけるようになったことだし、ここでやめるのはもったいない気がしたんだ。

結局、気持ちを言えない自分自身に腹が立って、モヤモヤして、なにもかもが嫌になっていたんだと思う。

でも今は、いろんな選択肢があるってことはきっと悪いことじゃないとわかったから。

そうだ、樋口さんとは、最近になってすごく仲良くなったんだ。……そう思ってるのはわたしだけかもしれないけど。

でも休日に会う約束をしてるんだから、じゅうぶん仲良しなはず。

彼女のファッションはいつも独創的で、わたしの創作意欲に火をつけるんだ。

そんなこと言ったら『やめて』って怒られそうだけど。

美術部にも戻った。黙って辞めたからみんな怒ってるかと思ったけど、温かく迎え入れてくれて。

部長が言ってた『みんな杉咲のこと心配してるから』って言葉……本当だったんだと胸が熱くなった。

思えばわたし、いろんなことが見えてなかったんだ。わたしのことを大事に思ってくれる人はいっぱいいたのに。

でも……そういうものに気づけてよかった。

紗枝と美優とは、少しずつ関係がよくなっていると思う。わたしが根気よく話すようになったからかな、前よりわたしの話を聞いてくれるようになった。

お母さんとはあいかわらず。なにをするのも『お兄ちゃん、お兄ちゃん』言ってるし。

今度は絵に関しても厳しく言ってくるから、前よりもっと面倒くさいかなぁ……なんて思う。

でも……わたしのことを『見て』くれるようになった。

すごくささいなことだけど、なにかを決めるときに『芽衣は？』って聞いてくれるようになったんだ。

だから今は、家の中も少し息がしやすい。

「――ねぇ、そっちは今どんな感じですか？　エージ先輩」

目の前の、真新しいお墓に向かって語りかける。

当たり前だけど向こうからはなんの返事もない。

こごえる両手にハーッと息を吐いて、こすり合わせた。少し温まった手でお墓に積もった雪をそっと払い落とす。

季節はもう、冬になっていた。

「先輩に、雪は似合わないかな」

クスッと笑ったら、口から白い息がもれた。

エージ先輩の笑顔は、それだけで辺りがパァッと明るくなるような、そんなパワーがある。

どんな時も暖かく照らしてくれる、先輩はわたしの太陽だった。

「……もう行かなきゃ。今日、これからお母さんと画材を買いに行くんです。なんでも昔よくしてくれた知り合いの画材屋さんがいるとかで……ふふ、そう。最近はわたしよりお母さんの方が熱心なくらいなんですよ」

クスリと笑みをこぼして、おもむろに立ち上がる。

墓地の向こうには、見渡す限りの青空が広がっていた。

わたしは大きく深呼吸をして、胸いっぱいに冬の空気を吸い込んだ。

——ねぇ、エージ先輩。

わたしは今、わたしの人生を歩んでいるよ。

誰に何を言われても関係ない。わたしは絵を描き続ける。

大きなキャンバスに目の覚めるようなオレンジ色を載せて。

太陽みたいなひまわりを、描くんだ。

End

あとがき

はじめまして。こんにちは、汐月うたです。

『ひまわりが咲く頃、君と最後の恋をした』を手に取り読んでくださって、ありがとうございます！

芽衣とエージ先輩の、ちょっぴり不思議で切ない恋の物語はいかがだったでしょうか。

みなさんは、自分の気持ちを我慢して、大切ななにかを諦めた経験はありますか？

今作の主人公である芽衣は、『自分を見てほしい』という思いで、親の言う通り医者になろうとします。その結果、絵を描くことを一時は諦めてしまいました。

いい子でいたい、いい子にならなきゃ……という思いは、きっと誰しもが持っていると思います。

もし、その気持ちで苦しんでいる子がいたら、一度立ち止まって『本当にそれでいいのかな』『自分のやりたいことなのかな』と考えてほしいです。

それを伝えるのは勇気が必要ですよね。

でも、この本を読んでくれた誰かが、自分も勇気を出そうと思うきっかけにしてくれたら、うれしいです。

そういった意味でもこの作品を書くことができたこと、本になってお届けできること、感謝の気持ちでいっぱいです。

書く機会を与えてくださった野いちごジュニア文庫さま、「書いた方がいいよ」と励ましてくれた友達、形にしてくださった編集部のみなさま、心から感謝いたします。

美しく感動的なイラストを描いてくださった、福きつねさま。芽衣とエージがわたしの目の前に現れてくれたようで感激しました。

そして……この本に出会ってくださった読者のみなさま、本当にありがとうございます。

感想などお手紙をいただければお返事を書きますね。

またお会いできる日を願って……。

二〇二四年　十一月二十日　汐月うた

著・汐月うた（しづき うた）

３月 13 日生まれ、石川県在住。第十一回集英社みらい文庫大賞、大賞受賞で児童文庫デビュー。既刊に『キミにはないしょ！』シリーズ（集英社刊）、『妖しいご縁がありまして』シリーズ（マイクロマガジン社刊）がある。感情を丁寧に描くのが得意。大好物はモモと焼き鳥とお寿司。飼い猫のミントに夢中。

絵・福きつね（ふく きつね）

ライトノベルを中心に、児童書籍やゲームのキャラクターデザイン、漫画の連載など幅広く活動中のイラストレーター☆

ひまわりが咲く頃、君と最後の恋をした

2024 年 11 月 20 日 初版第 1 刷発行

著　　者　汐月うた　©Uta Shiduki 2024
発 行 人　菊地修一
デザイン　北國ヤヨイ（ucai）
発 行 所　スターツ出版株式会社
〒 104-0031 東京都中央区京橋 1-3-1 八重洲口大栄ビル 7F
TEL03-6202-0386（出版マーケティンググループ）
TEL050-5538-5679（書店様向けご注文専用ダイヤル）
https://starts-pub.jp/
印 刷 所　大日本印刷株式会社

Printed in Japan
ISBN 978-4-8137-8185-1 C8293

ファンレターのあて先

〒 104-0031　東京都中央区京橋 1-3-1 八重洲口大栄ビル 7F
スターツ出版（株）書籍編集部 気付
汐月うた先生
いただいたお便りは編集部から先生におわたしいたします。

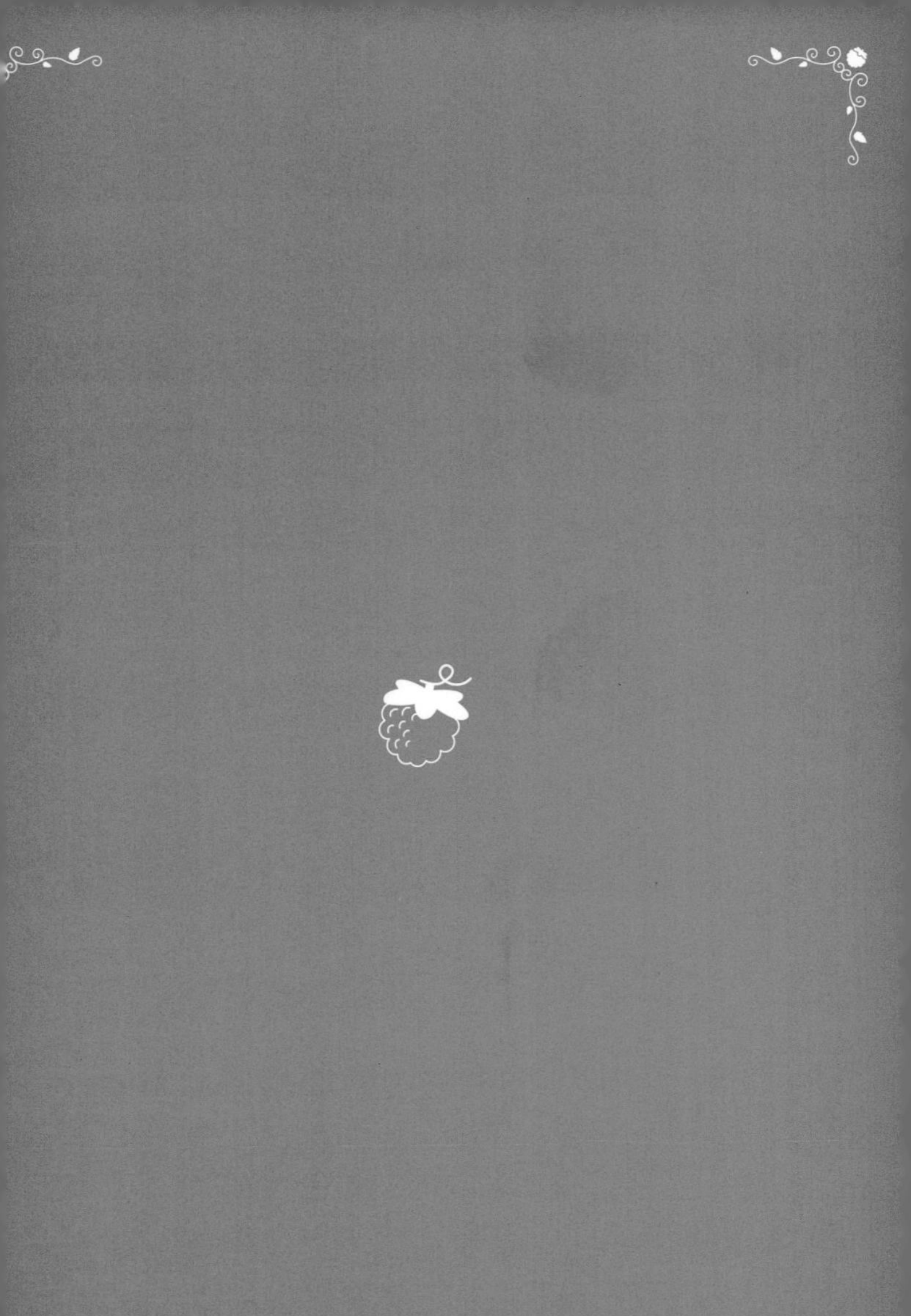